Fuyuki & Enatsu
「法医学者と刑事の相性」

江夏は何が起こっているのか、まるで理解していなかった。
床に落ちたペットボトルを拾うためにまず自分の上に
乗っかる冬城の身体を退かせようとしたのだが、
そんな彼の耳元に冬城の酷く掠れた声が響いた。
「悪い。抱いてくれ」
（本文P.111より）

Chara

法医学者と刑事の相性

愁堂れな

キャラ文庫

この作品はフィクションです。
実在の人物・団体・事件などにはいっさい関係ありません。

目次

口絵・本文イラスト／高階　佑

プロローグ

私は生きていてはいけない人間です。

愛してはならない人を愛してしまいました。


何度も諦《あきら》めようと思いました。

でも諦められなかったのです。

いくら胸に溢《あふ》れるこの想いを封じ込めようとしても、あの人の姿を一目見ただけでその決意は崩れてしまう。

このままではいつ、あの人に想いを悟られてしまうかわからない。

私の想いを知ればあの人は、間違いなく私を厭《いと》う。厭うどころではなく、二度と顔を見たくないと嫌悪を露《あら》わにするでしょう。


だから私は死ぬのです。

今ならまだあの人は私の気持ちに気づいていない。

きっと私が死ねば、悲しんでくれることでしょう。

死んだあとのことなど、気にすることはないと人は思うかもしれません。

でも、私は気にしたいのです。

私を思い起こすときに、あの人の胸に嫌悪感を呼び起こして欲しくないのです。


できることなら、悲しみに暮れてほしい。涙を流してほしい。なぜ死んだのだと取り乱してほしい。

それが過ぎた望みだというのなら、せめて——私をときどきは思い出してほしい。温かな思い出と共に。


あの人を愛していました。心から。永遠に。

決してできない告白。なのでお願いします。

あの人に私の想いが知られませんように。

美しい、そして心温まる思い出として、いつまでもあの人の胸の中で、私が生き続けることができますように。

1

「ふ、冬城《ふゆき》さん、コレ、マジヤバいっすよ」

増田《ますだ》法医学教室に、助手の石田《いしだ》の切羽詰まった声が響く。

「何がヤバいもんかよ。悪戯《いたずら》だ、悪戯」

室内には今、大型犬を思わせる、ガタイはいいながらも気の弱そうな助手の石田祐司《ゆうじ》と、彼に対しブリーダーさながら厳しい目を向けている美貌《びぼう》の白衣の男の二人がいた。

美貌の男の名は、先ほど石田が呼びかけたとおり冬城という。冬城温史《あつし》、寒いのだか暑いのだかわからない名の彼は、このT大で増田教授の下、主に司法解剖を任されている准教授である。

司法解剖とは、警察が事件性ありと判断した遺体が対象となる。このT大では都内で起こった事件の司法解剖を担当しているが、加えて冬城は事件性があるか否かは微妙である変死体になされる行政解剖を担当する施設にも所属していた。

その美貌が際立っている上に、遺体の解剖においては慧眼《けいがん》としかいいようがない素晴らしい見立てを何度も披露し、事件解決に貢献してきた。今や教授である増田以上に、法医学界のカリスマとして名高い冬城は、同じ法医学教室内にも、そして遺体を持ち込む側の警視庁内にも、ファン――というより『信者』といったほうがいいような者たちを多く持つ、いわば名物准教授である。

遠慮のない物言いも人気の一つであったが、一番の人気の要因は彼の容姿にあった。誰であろうが、彼を見た者は、なんたる美貌か、と感心せずにはいられない。彼を見る者、百人が百人とも、印象を問われたとしたら『綺麗《きれい》』と言うに違いないという、類《たぐ》い希《まれ》なる美貌の持ち主なのだった。

よくハーフかクオーターに間違えられる、抜けるように白い肌をしている。色素は全般的に薄く、髪も瞳も薄茶色だった。

常に潤んだような瞳と評判の茶色の瞳は大きく、長い睫《まつげ》に縁取られている。年齢は三十二歳なのだが、一見二十代前半というみずみずしい肌の持ち主であり、白いその肌に触れたいと願う男女は多かった。

だが、法医学教室での彼は非常にストイックで、日常茶飯ともいうべきあからさまなアプローチを華麗にかわしている。誰にも簡単になびかないところがまたいいと、それでファンを増やしてもいるのだが、本人はそんな『ファン』や『信者』を欠片《かけら》ほども気にする素振りを見せない。美貌には似つかわしくない――という表現の是非はともかく、冬城の性格はいたってざっくばらんで、法医学教室内では誰よりも『男前』――というよりは、がさつといったほうがいいような、そんな態度を取っていた。

外見は大型犬のようであるが、内面はいたってナイーブな石田が、再度冬城に訴えかける。

「いや、誰がどう見てもヤバいです。すぐ警察に届けましょう」

「悪戯だっつーの。忙しい警察の手を煩わせるようなモンじゃねえよ」

二人の間には一枚の紙片があり、彼らはその内容について言い争っていたのだった。その紙は今朝、法医学教室宛《あ》てに郵送されてきたものであるのだが、文面が石田の言葉を借りれば、非常に『ヤバい』ものだったのである。

『冬城准教授殿

今こそお前が過去に犯した罪を償うときがやってきた。まもなくお前は全世界に対し、己の罪を悔いる告白をすることになるだろう。犯した罪の重さを思い知るがいい。人の死の重さを己の命をもって思い知るがいい。

お前の罪は消えない。お前の命が尽きるまで』

署名はなく、ワープロ打ちであるために筆跡もわからない。文章が書かれていたのはＡ４のコピー紙だったのだが、それが封入されていた封筒もワープロ打ちで、差出人の名はなかった。消印は微《かす》かに東京中央局《とうきょうちゅうおう》と読めるが、他に差出人が誰であるかを推察する材料は何もない。

石田はこれを警察に届けようと主張しており、冬城はどうせ悪戯であろうから、そんな必要はないと彼の主張を撥《は》ね付けていた。

「悪戯にしたって、悪質ですよ。解釈によっては殺人予告とも取れます。日頃冬城さんはあれだけ警察に貢献してるんだし、向こうが忙しいだのなんだのと気を遣う必要はないでしょう」

数多い冬城の『信者』の中でも、最高峰という自負を持つ石田は、決して引こうとしなかった。

「だからいいっつーの。自分の身くらいは自分で守れる。柔道三段を甘く見るなよ?」

だが冬城にも彼なりの自負はあった。その一つ——たいていの男に腕力ではより勝っているというその自負に加え、もう一つの彼の抱く『自負』を、石田に向かい口にする。

「だいたい俺は罪を犯した覚えなんてねえっつーの。法医学者の俺の『罪』はおそらく、解剖所見の見立て誤りを指してるんだろうが、俺は今までミスなんぞ犯しちゃいねえんだよ。疚《やま》しいところは何もない。よって警察への届け出もいらない! わかったな?」

「で、でも……」

一気に言い捨てた冬城の前で、石田は抵抗してみせたが、冬城はそれを綺麗に無視した。

「さあ、午前中に解剖した遺体の所見をまとめようじゃないか。そのために俺はもう一度、遺体を確認してくる。お前は胃の残留物を一覧表にしておくように」

尚《なお》も言葉を足そうとする石田を、冬城はそう言って黙らせると、颯爽《さっそう》と部屋を出て行った。

「冬城さん！」

白衣をはためかせ、退室していった冬城の背に石田は声をかけたが、冬城は二度と振り返ることはなかった。

「……心配だなあ……」

石田が改めて届いた紙片を手に取ろうとし、慌てて周囲を見回し手袋を探し出して手にはめる。

そうして指紋対策を取りつつ、どう見ても『脅迫状』としか思えぬ紙片を眺める石田の眉間《みけん》には、くっきりと縦皺《たてじわ》が刻まれていた。いくら『不要』と言われようと、敬愛する冬城の危機となり得るかもしれないこの脅迫状を捨て置くわけにはいかないと、石田はポケットから携帯電話を取り出すと、彼が親しくしている警視庁捜査一課の刑事に連絡を入れた。

「あ、もしもし？　俺。石田。今、ちょっといいか？」

電話をかけた相手は二十八歳の石田と同年代の、三木《みき》という刑事だった。三木もまた、冬城の『信者』であるゆえ、石田の電話には『なんだと!?』と非常に積極的になった上で、上司と相談する、という話となった。その後、三木はきっちりと石田との約束を果たし、一時間後にT大学の法医学教室に警視庁捜査一課より一人の刑事が派遣された。

「ちょっといいかあ?」

午後三時過ぎ、突然増田法医学教室のドアをノックした男の姿に、そのとき室内にいた冬城と石田は唖然《あぜん》としてその男を見やった。

「警視庁捜査一課の江夏《えなつ》だ」

二人の視線があまりに訝《いぶか》しげだったためか、男は——江夏は、スーツ、というには無理があるといわざるを得ないよれたジャケットから警察手帳を取り出し、二人に示してみせた。

「江夏孝美《たかみ》警部補……」

近づいた石田が手帳に書かれた名を読み上げる。警察手帳を示されて尚石田の目が懐疑的であったのは偏《ひとえ》に、江夏の外見が胡散臭《うさんくさ》いとしかいいようがなかったためだった。

素材自体は悪くないのである。身長は百八十以上ある上に、武道をたしなんでいるのが一目でわかるガタイのいい体つきをしている。少し年齢はいっているものの——四十半ばではないかと石田は思った——顔立ちもまた、整っているといっていい部類に入るのだが、己の外見には百パーセント興味がないのだろう、『身なりに気を遣わない』といっても、そこまで放置は

POLICE

どうかと思うような、素材の良さをそれこそ百パーセント殺しているいでたちをしていた。

顔は無精髭《ぶしょうひげ》で覆われているし、髪はいつ散髪したかわからないような伸びっぷりである。

そのへんのホームレスのほうがまだまともな服装をしているのではないかと思《おぼ》しき江夏が、警視庁の刑事であることを確認し、まず、石田が「本物だ……」と、ある意味失礼な言葉を口にした。

「あ」

江夏孝美という名には聞き覚えがある、と冬城が思わず声を漏らしたのと、

「ちょっと事情、聞かせてもらえるか？」

と江夏が尋ねてきたのが同時だった。

「事情だと？」

冬城が険悪な声になったのは、江夏との過去のかかわりのためだった。直接顔を合わせたのは初めてであるが、二ヶ月ほど前に鑑定結果がおかしいとクレームの電話を入れてきたのが確か、本庁の江夏という刑事だったと思い出したのである。

『その死亡推定時刻はあり得ない。すぐ調べ直してくれ』

名乗った次の瞬間、江夏はいきなりそう切り出し、冬城を唖然とさせた。意味がわからない、と問い返すと、

『その時間には容疑者にアリバイがあるからだ』

などと、信じがたいことを言ってきた。遺体発見が早かったために、死亡推定時刻は殆《ほと》んどズレがないはずだという自負を持っていた冬城は、頭にカッと血が上り、電話越しにその失礼な刑事を怒鳴りつけたのだった。

「お前が容疑者を見誤ってんだろ！　ふざけるな!!」

そのまま受話器を叩《たた》きつけるようにして電話を切ると、冬城は自分の書いた死体検案書の内容をつぶさに確認した後、捜査一課長宛てに、死亡推定時刻の誤差などなし、と書面で連絡を入れた。

その後すぐに課長から電話があり、捜査一課としては冬城の鑑定を疑ったわけではない、と平謝りに謝ってきた。理知的な眼鏡《めがね》のクールビューティ、という外見にはよらず、実は直情型で頭に血が上りやすい性格ではあったが、いつまでもねちねちと怒りを持続するタイプではなかった冬城は、課長の謝罪をあっさり受け入れ、ことを荒立てはしなかった。

後《のち》に石田から、犯人は江夏という刑事が見立てていた容疑者だった、と報告を受けた。彼のアリバイを証言したのが、被害者である彼の妻の実の姉であったため、警察もまさか被害者の身内が犯人のアリバイ工作に協力するとは思わず、それで捜査が手間取ったということだった。

「アリバイを崩したのは、冬城さんに電話をかけてきたあの江夏って刑事らしいですよ」

物凄《ものすご》い粘りだったとか、と石田はしきりに感心してみせたが、冬城は江夏という刑事の頑張りに興味を抱くことはなく、ただ自分の鑑定はやはり正しかったのだ、と確認したのみですませた。

それきり冬城はすっかり江夏の名を忘れていたのだが、顔を合わせた途端に失礼極まりない彼の電話を思い出し、それで凶悪な表情になってしまったのだった。

考えてみれば、課長からは謝罪があったものの、当の本人である江夏は謝罪の言葉の一つも告げてこなかった。それも失礼な話じゃないか、と縁なし眼鏡のレンズ越しに無精髭の浮いた江夏の顔を、こんな顔をしてやがったのか、と思いつつ冬城は睨《にら》み付けた。

「睨んでねえで、事情を聞かせろっつーんだよ。脅迫状が来たんだろう?」

冬城の睨みは教授の雷よりも法医学教室の学生たちを震え上がらせると評判であるのだが——顔立ちが整っている分、迫力がありすぎるのである——江夏はまるで怯《ひる》む素振りを見せず、そう問いかけてくる。

「話すような事情はない。あんなもの、ただの悪戯だ」

自分の凶悪な視線に少しも戦《おのの》く素振りを見せないことに対し、冬城の苛立《いらだ》ちは募ったが、その苛立ちは続く江夏の言葉に更に煽《あお》られ、怒りへと変じていった。

「悪戯かどうかを調べてやるって言ってんだよ。まずは現物、見せろや」

「いらんと言っているだろう！」

　思わず怒声を張り上げた冬城の声に、室内にいた石田や学生たちは、皆、顔面蒼白《そうはく》になり、びくっと身体を震わせたのだが、今回もやはり江夏はそういった反応とは無縁だった。

「いいから見せろって」

「だからいらないと言ってるんだ！　いいからとっとと帰れ！」

「帰れるもんなら帰りてえが、まず脅迫状を見せてくれ。悪戯かどうかはコッチが判断してやっから」

「誰もそんなこと頼んでない！」

　声高に言い争う二人を、皆、遠巻きに見ていたのだが、

「頼んでねえだと？　お前んとこの石田って助手から依頼があったんじゃねえか！」

と江夏に名を出され、石田が「ひっ」と悲鳴を上げた。

「石田！　捨てておけと言っただろう！」

　冬城に怒鳴りつけられ、石田が「ひーっ」とまた悲鳴を上げる。

「いいから見せろや」

　フォロー、というわけでもないのだろうが、石田を糾弾しようとしていた冬城の目の前に、江夏がにゅっと右手を差し出す。

「警察も暇じゃないんだろう？　いいからとっとと帰れ！」

見せる気はない、と冬城がその手を叩き落とす。

「おう、暇じゃねえから、こうして宿直明けの俺がこき使われることになったんだよ。いいから見せろ」

江夏が再度叩かれた右手を冬城の鼻の先に突き出してくる。

「見せる気はないと言ってるだろう！」

その手を冬城が再び叩き落としたそのとき、机上の彼の電話が鳴った。

「はい、増田法医学教室」

江夏を完璧《かんぺき》に無視し、応対に出た冬城の顔に緊張が走った。電話は東京都監察医務院からで、新宿《しんじゅく》区内で自殺体と思しき男性の遺体が発見されたゆえ、これから現場に来てもらえないかという内容だった。

「わかりました。すぐ向かいます」

冬城は監察医務院に監察医として登録しているため、こうして呼び出しを受けることがままあった。詳しい現場の住所を聞き冬城は電話を切ると、傍らの江夏を無視し部屋を出ようとした。

「おい、ちょっと待てや」

前に立ち塞《ふさ》がろうとする彼を、うるさげに押しやる。

「これから遺体の検案にいく。石田が何を言ったか知らんが、あれは悪戯だ。事情を話す気も暇もない」

それだけ言い捨てると冬城は石田に「行くぞ！」と声をかけ、すでに鞄《かばん》を用意していた石田と共に部屋を出た。

「お前なあ」

むっとしている、というよりは、呆《あき》れたような響きの声を江夏は上げたが、検案に行くと言われては引かざるを得ないと思ったためか、あとを追ってくることはなかった。

「……申し訳ありません。出過ぎたことをしまして」

廊下を歩きながら、石田がぺこぺこと冬城に向かい頭を下げる。大型犬を思わせる雰囲気を持つゆえ、今の彼の様子は、まさに犬が尻尾《しっぽ》を両脚の間にしまい込み、普段はピンと立っている耳がへたっと倒れているようなイメージを冬城に与えた。そんな姿を見せられては、これ以上びくびくさせては気の毒、と怒りを納めることにする。

「俺を心配してくれたんだろう？　謝ることはないさ。ありがとう」

「冬城さん……っ」

内心、余計なことをしやがって、と思ってはいたものの、一応大人の気遣いはできる冬城ゆえ礼を言うと、途端に石田は嬉《うれ》しげに声を上げ、まさにちぎれんばかりに尻尾を振っているかのような表情になった。

「さあ、早く行こう」

「はい！　わかりました!!」

声までやたらと弾んでいる石田を横目に、冬城はやれやれ、と心の中で溜《た》め息《いき》をつくと彼と共に現場へと急いだのだった。


現場は新宿《しんじゅく》御苑《ぎょえん》近くの七階建てのマンションの三階、三〇四号室で、遺体はこの部屋の住人であるという連絡を受けていた冬城と石田が到着すると、新宿署の刑事が二人に駆け寄ってきた。

「こちらです」

『立ち入り禁止』の黄色いテープを潜り、刑事のあとに続いてまずは冬城が、次に石田が室内に入る。

「ああ……」

部屋に足を踏み入れた途端、目に飛び込んできた男の死体を見た冬城の口から声が漏れる。

遺体は若い男で、部屋を入った右手にあるドアを背にがっくりと頭を落として座っていた。ドアノブにはネクタイが巻いてありそれが男の首に食い込んでいる。

以前は首吊り自殺というと、梁《はり》に縄をかけ、踏み台を用いてその縄に首をかけて踏み台を蹴《け》る、というような形が多かったのだが、十年ほど前、爆発的な人気を誇っていたミュージシャンがドアノブを用いて自殺を図った事件が大きく報道されてからは、座しての首吊りも多くなった。マンションの場合、天井に梁がないというのも理由だろうが、などと思いつつ冬城は真っ直ぐに遺体へと歩み寄ると、その場に座り込みまず遺体を観察した。

縊死《いし》であることに間違いはない。頰《ほお》や手に触れてみて硬直状態から死後十五時間以上は経っているかと仮に見立て、続いて懐中電灯を取り出し瞳孔を照らした。

検案結果を次々と口にする冬城の言葉を、傍らで石田が必死にメモを取る。

「推定死後十七、八時間、目立った外傷なし。それから……」

遺体を見下ろし、両脚がネクタイで膝《ひざ》の上と足首、二ヶ所しっかり縛られていることと、遺体がレジャーシートの上に座っているのを見やった冬城が、近くにいた鑑識に尋ねかけた。

「すみません、このマットはもともとあったんですよね？」

「はい、指紋も検出されました。おそらく本人のものではないかということでした」

新人と思しき若き鑑識が、緊張した面持ちながらもきっぱりとそう答える。

「ネクタイからも指紋、出ましたか？」

「はい、出ました。ドアノブにかかっていたものからも、脚を縛っていたものからも」

「ありがとう」

冬城が縁なし眼鏡の奥の瞳を笑みに細める。

「……あ……」

類い希な美貌の持ち主の極上の笑みに、若い鑑識は一瞬口をぽかんと開けて見惚《みと》れたあと、はっと我に返った顔になった。

「し、失礼します！」

慌てた様子でその場を離れる彼の背を目で追った冬城が、

「なんだ？」

と石田を振り返る。

「……ええと……」

あの鑑識の気持ちは痛いほどわかる、と思いながらも、説明を求められでもしたら自分も彼と同じリアクションを取ることになりかねないことがわかっていた石田は、言葉に詰まった挙げ句、わざとらしく話題を変えた。

「自殺でしょうかね？」

「……うーん」

石田の問いかけに、冬城が首を傾《かし》げる。それを見て石田は、珍しいな、という印象を抱いた。というのも冬城はファーストインプレッションにまずブレがなく、こうして迷っている素振りを見せることが珍しかったためである。

「……まあ、解剖してみないことにはな」

冬城がそう言ったのに、傍《そば》にいた新宿署の刑事が、え、という顔になった。

「先生、自殺ではないんですか？」

警察としては自殺と判断していたらしい、と納得していた石田の前で冬城がその年配の刑事に問いかけた。

「遺書でも出ましたか？」

「いや、遺書はありませんでしたが、施錠されてましたし、何より第一発見者より、高橋《たかはし》さんが……ああ、遺体の名ですが、彼がこのところ酷《ひど》く悩んでいたという証言を得ましたので……」

言いながら刑事が、ちら、と部屋の片隅を見やる。その視線を追い、冬城と石田は刑事たちに囲まれている一人のスーツ姿の若者を見やった。

「……あれ……」

冬城は戸惑いの声を上げたが、石田が「はい？」と問いかけると「なんでもない」と首を横に振り、尚も男を見つめた。

石田もまた第一発見者と思しき男をまじまじと見やる。

「大学時代からの友人だそうです。昨日、酷く落ち込んだ電話をしてきたあと連絡が取れなくなったので、心配になりマンションを訪ねてきて遺体を発見したそうです」

「……そうですか……」

懇切丁寧に説明をしてくれた刑事に、冬城は笑顔を向けたものの、表情にはありありと迷いが現れていた。

「冬城さん、何か気になることでも？」

問いかけた石田に対し、冬城が「……まあな」と頷《うなず》いてみせる。

「とりあえず、遺体の最後の声を聞いてからだな」

言いながら、うん、と頷いた冬城の目が改めて遺体に注《そそ》がれる。彼に倣《なら》い遺体を見つめる石田は、だが、自殺体であるという以上の結論を導き出せずにいた。

「黙禱《もくとう》」

T大学の解剖室では冬城と石田、それに教室の助手たちが、今まさに解剖に取りかかろうとしていた。

警察官立ち会いの下、遺体を前に黙禱を捧げたあとにメスを手に取る。ほぼ毎日冬城は行政解剖若《も》しくは司法解剖を行っていたが、遺体を前に黙禱する際には常に、『慣れ』を忘れるべきだというポリシーを貫いていた。

遺体の最後の声を聞くのが己の役目であるというのが、法医学教室に入って以来の冬城の一貫したポリシーだった。抱いた先入観の一つ一つを、遺体と向き合うことで払拭《ふっしょく》し、如何《いか》なる死に方をしたのかを正確に分析する。

自ら望んでの死だったのか、はたまた予想外のものだったのか。遺体と真剣に向き合い、その声を拾うことを冬城は自分の使命と思っていた。

冬城が教授である増田のかわりに解剖の責任者となって三年以上経つが、その間に彼の解剖結果が誤っていたと指摘されたことは、あとにも先にも江夏の入れてきたクレーム以外一件もなかった。それはそのまま、冬城が真剣に遺体と向き合っているその結果でもあった。

今日も冬城は石田や他の助手と共に、真摯《しんし》に遺体と向き合っていた。解剖には警察官も立ち会うのだが、新人刑事などは嘔吐《おうと》を堪《こら》えられないことも多々あった。さすがに法医学教室の助手や学生たちは、日々の解剖で慣れていたが、冬城は学生の『慣れ』には厳しかった。

慣れは心の隙《すき》を生む。動作の慣れはいいが、遺体に対する気持ちまで慣れてはならない。それゆえ彼は慣れから動作が粗雑になっている学生がいた場合、本人にその自覚がなくてもすぐに解剖室から退室させるのだった。

今日も緊張感溢れる中解剖は続いていたのだが、メスをふるいながら冬城はなんともいえない違和感を覚えていた。

現場にいた刑事の様子から、警察はほぼ自殺と判断しているようであり、遺体の状態もそれを裏付けるものではあるのだが、何かひっかかる。

それが何、という答えは、いつものように真剣に遺体と向かい合っているにもかかわらず、冬城の耳には届かなかった。

縫合し、解剖を終えた後に冬城は教室に戻り、死体検案書の記入を始めた。データ類は技術員の田中《たなか》がまとめたものを写すのだが、用紙に記入しながら冬城はやはり、何かがひっかかる、という思いを捨てきれずにいた。

遺体は二十七歳の男性、色白で細面の、なかなか顔立ちの整った男だった。T電機という中堅の電機メーカーに勤めているという。

ドアノブにネクタイを引っかけて首を吊った結果の縊死であり、覚悟の自殺であったのか、摘出して調べた胃の中はほぼ空っぽだった。

レジャーシートを敷いていたのは、死ぬときに失禁するかもしれないと見越したためであろうが、両脚を縛ったのはなぜなのか——女性の場合、死んだあとに両脚が開いた状態を避けたいという理由で縛る例もあるにはあるが、という考えに至ったとき、冬城の頭の片隅を何かが掠《かす》めた気がした。

「…………」

なんだ、とキーボードを打つ手を止め、その思考を追いかけようとしたが、最早影も形もない。死亡推定時刻等の解剖結果はすぐにも警察に提出する必要があるため、冬城は長考を諦め、データをまとめることに専念した。

書類を仕上げたのち、まだ部屋に残っていた石田に数字を再度チェックさせてから印をつき警察に届けさせる。

「やはり自殺ですか？」

石田が書類を封筒にしまいながら問いかけてきたのに、冬城は返答に詰まった。

「……おそらく」

「どうしたんです？　冬城さん」

心底驚いたように石田が声を張り上げる。冬城がこのように回答を迷うのが珍しかったため
だが、冬城自身もまたそんな自分に戸惑いを覚えていた。

「何かがひっかかる。ちょっと一晩考えるわ」

とりあえず書類の提出は頼む、という冬城の前で、石田が心配そうな顔になる。

「なんだよ」

「あ、いえ……」

石田は言い淀《よど》んだが、言いたいことがあるのに言わない、などという態度を取られるのを嫌う冬城が、

「なんだよ?」

ときつい語調で問いかけた瞬間、水でも被《かぶ》ったかのように全身を緊張させ、叫んできた。

「す、すみません！　もしかして冬城さん、あの脅迫状を気にしてるのかなと思いましてっ」

「脅迫状だ?」

問い返して初めて冬城は、そういえば今日、そんなものが届いていたのだったと思い出した。

「……ですから、いつもの冬城さんじゃないのかなと……」

ぼそぼそと言葉を続けながら石田が、ちらと顔を上げ冬城を心配そうに見やる。

「そりゃねえよ。お前に言われるまで忘れてた」

冬城はそう言うと手を伸ばし、自分より十センチ以上背が高い石田の肩をバシッと叩くと、にっと笑いかけた。

「……それならいいんですが……」

それでも尚、心配そうにしている石田を「いいから行ってこい」と無理矢理部屋から追い出し、冬城もまた帰り支度を始めた。時計の針は既に午後九時を指していたが、室内にはぱらぱらと人が残っている。そんな彼らに冬城は「お先に」と声をかけると、

「お疲れ様でした」

という若者たちの声に送られ、教室をあとにした。

冬城の住居は月島《つきしま》にあり、大学へは車で通勤していた。関係者用の駐車場へと向かい、停《と》めてあった愛車、黒のロードスターへと近づいていく。車好きの冬城はこの車を好み、今乗っている黒は同じ車種の二台目だった。

キーをポケットから取り出し、手の中でそれを弄《もてあそ》びながら冬城は、一体自分は何を気にしているのだろう、と改めて首を傾げた。

他殺を思わせるような状態は、遺体にはまるで残されていなかった。唯一不自然と思われたのは、両脚を縛っていたことだが、ネクタイからは本人の指紋しか発見されなかったという。

やはり自殺なのだろうか、と冬城は考え、なんとなく自分の得ている違和感は、自殺・他殺、

どちらかと迷っているところにあるわけではないな、と気づいた。

それなら何が『違和感』なのか、と遺体を思い起こす。思考が深くなったため、いつしか冬城の足は止まっていた。遺体の顔を、そして状態を目を閉じ思い出そうとしていた彼を我に返らせたのは、突然背後から飛び出してきた何者かの気配だった。

「なっ」

不意を突かれ、抵抗する間もなく男に羽交い締めにされた冬城の目の前にナイフがかざされる。ぎょっとし暴れようとした彼の耳に、あまりに聞き覚えのある男の声が響いた。

「……温史……」

「おいっ」

まさか、と冬城が振り返ろうとしたそのとき、

「何者だっ！」

という大声が駐車場に響き渡り、物凄い勢いで男が二人に駆け寄ってきた。冬城を羽交い締めにしていた男ははっとしたように息を呑《の》むと、そのまま冬城を放り出し逃走した。

「待て！　おい！」

なんと、駆け寄ってきたのは、昼間冬城を訪ねてきた警視庁捜査一課の江夏だった。唖然としていた冬城は、彼が立ち上がった冬城に「大丈夫か!?」と声をかけつつ、逃げ去る男を追い

かけようとする、その背に慌てて叫んだ。

「待て！　追わなくていい！」

「なんだと⁉」

江夏がびっくりした様子で冬城を振り返る。が、また前を向き男を追おうとする彼に冬城は、仕方がない、と口を開いた。

「追わなくていい！　あれは俺の知り合いだ」

「はあ？」

今度こそ江夏は仰天したらしく、足を止め、冬城に駆け寄ってくる。

「おい、どういうことなんだ？　お前は今、襲われたんじゃないのか？　ナイフ、突きつけられてるのを俺は見たぜ？」

痛いくらいの力で江夏が冬城の肩を摑《つか》み、揺さぶってくる。

「それよりなんであんた、ここにいるんだ？」

話を逸《そ》らそうとしたわけではないのだが、答えに詰まった冬城が逆に問い返したのに、江夏があからさまにむっとした顔になった。

「お前に脅迫状が来たからだろうが」

「……だから見張っていた……と？　こんな時間まで？」

「相当暇なんだな、なんて言いやがったらぶん殴るぞ。宿直明けだから気が立ってる」

江夏が本当に殴りかねない凶悪な目で冬城を睨む。

「こっちも『それより』だ。今の男、誰なんだ？　なんで襲われそうになった？　きっちり説明してもらおうじゃねえか」

ドスを利かせた声で迫ってくる江夏を前に、冬城はやれやれ、と溜め息をつき、天を仰ぐ。

「おい。どうなんだよ？」

徹夜明けのため血走った目をしている江夏が容赦なく問いかけてくる。彼を黙らせるには喋《しゃべ》るしかないだろう。脅迫状といい、わけのわからないもやもやといい、そして今の襲撃といい、まったく今日は厄日か、と冬城はまたも深く溜め息をつくと江夏に向かい、「乗れ」とロードスターを顎《あご》で示したのだった。

2

「……で、なんで俺がお前ともんじゃ屋に来なきゃならねえんだ？」

冬城は江夏を助手席に乗せたあと、借りている駐車場まで共に帰り、そこから徒歩で彼がいきつけにしているもんじゃ焼き屋に連れていった。

店主のおばちゃんが「いらっしゃい」と早速奥まった席に案内してくれ、注文を取る。冬城が江夏に何も聞かず生二つといつものカレーもんじゃ、と頼んだ、その直後に江夏がそう問いかけてきたのだった。

「徹夜明けの刑事さんの労をねぎらいたかったから」

「だったら俺に注文くらい聞けや」

江夏がそう吠《ほ》えたところに、「お待ち」と生が届けられた。

「生ビールは嫌いだったか？」

おばちゃんが江夏の前に置こうとしたビールを、冬城が取り上げようとする。

「いや、これでいい」

慌てた様子で江夏がそれを取り戻す。

「好きならいいじゃねえか」

「そういう問題じゃなくてなあ」

冬城に江夏は食ってかかろうとしたが、冬城が、

「乾杯」

とジョッキを掲げたのには、条件反射なのか彼もジョッキをぶつけて応《こた》えた。

「仕事のあとのビールは旨《うま》い」

一気に半分くらい飲み干し、冬城がはあ、と溜め息をつきつつそう呟《つぶや》く。

「ところで、話を聞かせてくれ」

江夏は既にビールを飲みきっており、改めて冬城に問いかけてきたとき、今度はもんじゃが届いた。

「食ってからにしよう。おばちゃん、生、もう二つ。それからめんたい餅」

「あいよ」

冬城はもんじゃの器を受け取り一旦《いったん》下ろすと、鉄板に油を引き、器用な手つきで器から具をそこへと落として焼いていく。

「勝手に仕切ってんじゃねえ」

「この店の人気ナンバーワンがカレーで、ナンバーツーがめんたい餅なんだよ。親切に教えてやったんじゃねえか」

「恩着せがましい野郎だな」

冬城の高飛車な物言いに、文句を言いながらも江夏は、運ばれてきた二杯目のジョッキに口をつけ、冬城がもんじゃを作るのを見つめていた。

土手《どて》をつくり、中に液を注ぎ入れる。少し置いて土手を崩壊させ、ぐちゃぐちゃと混ぜて鉄板いっぱいに広げる。

「もういいぜ」

「慣れたもんだな」

食え、と顎で示し、自分も金属のへらを手にした冬城に、江夏が感心して声をかけた。

「子供の頃から食ってるからな」

「なんだ、その年で実家住まいか？」

あちち、と鉄板からもんじゃを掬《すく》って食べながら、江夏が冬城をからかってきたのは、今までいいようにことを運ばれてきた意趣返しらしかった。

「いや、親は五年前に交通事故で死んだ。家はそのとき売り払った。今は一人でマンション暮らしだ」

　だが冬城が淡々とそう答えると、途端に江夏はバツの悪そうな顔になった。

「悪かった」

「謝ることはない。知らなかったんだから」

　次、焼くぞ、と男二人ゆえ、あっという間に綺麗になった鉄板に、再び油を引くと冬城がめんたい餅もんじゃの容器を手に取る。

「知らなかったとはいえ、悪かった」

　それでも頭を下げてきた江夏に、冬城は、なんだ、見かけによらないな、と少しだけ——ほんの少しだけ好感を持った。好感、というよりは、果てしなくマイナスであった好感度がわずか一ミリ程度上昇したというくらいであったのだが、その上昇も続く江夏の問いに再びマイナスに戻ることととなった。

「マンションはセキュリティがしっかりしてんのか？　オートロックはついているか？」

「……さっきの男のことを話せってか？」

　なんのことはない、話題の前振りだったというわけか、と冬城は肩を竦《すく》めると、またもバツの悪そうな顔になった江夏のその顔をまじまじと見やった。

「あんたみたいに、『その年で』思ったことが全部顔に出るような男が、刑事なんてよく務まってられるなあ」

「うるせえ。どうせ俺は腹芸ができねえ男よ」

むっとしたことを隠そうともせず、そう言った江夏は、しまった、というように自身の手で顔を押さえた。

「ほんとに腹芸ができねえな」

あはは、と思わず笑ってしまった冬城を江夏がじろりと睨み付ける。

「話を逸らせてる気かもしれねえが、事情を聞くまで俺は絶対帰らねえからな」

「話すよ。だが、もうちょい飲ませてくれ」

腹芸はできないものの、なかなか鋭いところを衝《つ》いてくる、と冬城は内心肩を竦めつつ、ビールを呷《あお》った。

その後、野菜焼きやら焼きそばやらを頼み、ジョッキも三杯、四杯と重ねた頃、それまで無言で飲み食いしていた江夏が改めて冬城に問いかけてきた。

「で？　そろそろ話す気になったか？　脅迫状はお前の留守中に学生に頼んで見せてもらった。今、指紋をとらせているがあれもお前の知り合いが出したもんなのか？」

「いや、脅迫状は違う。あれは心当たりがまるでない」

冬城はどの学生が渡しやがったのか、と苦々しく思いながらそう答えたあと、「おばちゃん、もう一杯！」と空になったジョッキを掲げ、店の奥に声を上げた。

「だがナイフを持って襲ってきた人間には心当たりがある、と？」

　俺も、とおばちゃんにジョッキを掲げながら、江夏が既に赤くなりつつある顔を、ずいと正面に座る冬城へと寄せ、問いかけた。

「……悪いんだが、さっきのアレについちゃ、見なかったことにしてもらえねえかな」

　すぐに届いたジョッキを受け取ると、冬城もまた、ずい、と酔いに紅潮した顔を江夏に寄せ、囁《ささや》くような声でそう告げる。

「見なかったことって？　あんた、ナイフ突きつけられたんだろ？　なんで見なかったことにできんだよ？」

　江夏は相当驚いたらしく、店中に響き渡るような大声を上げた。

「おいっ」

　その声のでかさと、話の内容に、ぎょっとした店内の客たちの注目が一気に二人に集まる。

「声、でけえよ」

　なんでもないんですよーと冬城が周囲に愛想笑いを振りまいたあとに、江夏をぎろりと睨む。

「す、すまん」

　謝りはしたが江夏はすぐ、抑えた声で冬城に問いかけてきた。

「だいたいお前を襲ったのは誰なんだ？　なぜ庇《かば》う？　今後襲わないという保証はあるのか？　おい、説明しろや」

「説明はするって」

「早くしろ」

「するって言ってんだろ」

悪態をついたものの、話しづらさから冬城はジョッキのビールを半分ほど一気に呷ると、仕方がない、と溜め息をつき、再び江夏に顔を寄せた。

「あれは別れたばかりの恋人だ。いわばありゃ、痴話喧嘩《げんか》だ」

「……え？」

江夏はまったく意味がわかっていない様子だった。唖然としたまま数十秒固まっていた彼は、その後、絶叫ともいうべき大声を上げた。

「えー？？？」

「だから声がでけえっつーんだよ！」

またも客たちがぎょっとしたように二人を見る。彼らに冬城は「すみません」と愛想笑いを返したあと、ドスの利いた声を出し江夏を睨んだ。

「す、すまん」

未だに動揺収まらない状態の江夏は反射的に詫《わ》びたが、またも、はっとした顔になると、冬城に顔を近づけ問いかけてくる。

「……あれ、男じゃなかったのか？」

おそらく江夏にとって、『同性愛』という概念はまるでないのだろう、と冬城は納得しつつ、更に彼が大声を出さないようにと祈りながら、首を横に振った。

「男だ」

「……ってことは、あんた、ゲイ？」

問いかける江夏の顔は、まだ唖然としていた。

「そうだ」

「……………」

それからたっぷり十秒間、江夏は沈黙した。こういう反応はまあ、慣れている、と思いながら、冬城が抑えた声で説明を続ける。

「別れる別れないで、少し揉《も》めたんだ。奴からの連絡をこのところ俺がずっと無視してたから、思い余って今日やってきたんだろう。刺すつもりはないと思う。俺も訴える気はない。だからもうあのことは忘れてほしいんだよ」

「……………」

冬城の話に、江夏はノーリアクションだった。またも沈黙が二十秒以上流れる。

「……そういうわけだから、俺も被害届けは出さない。これでファイルクローズだ」

反応がない江夏に焦《じ》れ――もともと冬城は気が短い性格なのだった――冬城はそう言い置くと、「それじゃ」と伝票を手に立ち上がろうとした。

「ちょ、待ってくれ」

途端に我に返った顔になった江夏が冬城の腕を摑み、再び椅子《いす》に座らせる。

「なんだよ」

「あのよ、立ち入ったことを聞いていいか？」

江夏は今、真剣この上ない顔をしていた。なんだ？　と思いながらも、質問があるのなら、と冬城が彼に向かい頷いてみせる。

「別にいいけど？」

「どうして別れることになったんだ？」

「はあ？」

だが江夏の質問の内容には、今度は冬城が素っ頓狂な声を上げてしまった。慌てて周囲を見渡し、またも注目を集めたことに気づいた彼が「すみませんね」と頭を下げたあとに、江夏を睨む。

「それ聞いてどうするんだよ」

「あ、いや……なんていうか……」

冬城の睨みに臆《おく》したわけではないだろうが、江夏は言いづらそうに口ごもったものの、冬城が睨み続けているのには答えねばと思ったらしく、ぼそぼそと言葉を続けた。

「別れたい相手だったら、これ幸いと被害届けを出すんじゃねえかと思ったんだ。あんた、なんで別れる男を庇うんだ？」

「………」

今度は冬城がたっぷり十秒間、黙り込む番だった。この男、冴えない外見をしてるくせに、なかなか鋭い、と思いながら、冬城が江夏を見る。

「俺が心配してるのは、奴が本当に刺す気がないかどうかということだ。刺す気のねえ人間がナイフを持ち歩きはしねえだろう」

黙り込んだ冬城に対し、噛《か》んで含めるような口調で江夏が話しかけてくる。先ほど素っ頓狂な声を上げたのと同じ人物とは思えぬ真面目な表情、真面目な口調を前にし、実は『プライバシーだ』で押し通すつもりだった冬城は気持ちを変えた。真剣に向かい合ってくる相手には真剣に答えねば、と思ったのである。

「……それに関しては、ある人に事情を説明し、なんとか思いとどまらせるようにと相談するつもりでいた。ともかく、警察沙汰《ざた》になるのだけは困るんだ。全部説明するから、ここはお前一人の胸に納めてもらえないか？」

「わかった。報告はしねえ」

江夏は即答し、首を大きく縦に振った。もっと考えるのではないかと思っていた冬城は拍子抜けしながらも、それなら話そう、と彼も頷き口を開いた。

「名前は勘弁してくれ。奴は俺の大学時代からの友人で、もう十年以上付き合ってきた」

「へえ、そりゃ長えな」

思わぬところに江夏の相槌《あいづち》が入る。

「ちょっと黙って聞いてくれ」

「おう」

話の腰は折るな、と冬城はじろりと彼を睨むと、わかってるって、と言わんばかりに右手を挙げてみせた江夏をまたひと睨みし、話を続けた。

「奴の実家が地方都市にある大病院なんだ。父親が院長で子供は彼と妹なんだが、妹さんは身体が弱くてな。病院は彼が継ぐしかないんだが、奴は東京に留まりたいと言い、大学を出たあともコッチの病院の勤務医になっている。父親もまだバリバリ現役だったし、ゆくゆくは継いでくれればいい、くらいに考えていたようで、何も言ってこなかったんだ。だが、この間奴の妹が俺のところにやってきて……」

「妹？　身体の弱い妹か？」

江夏がまた口を挟む。

「ああ」

頷いた冬城の脳裏に、青白い顔色をした若い娘の泣き顔が蘇《よみがえ》った。

「奴の——妹さんのでもあるが、親父《おやじ》さんが癌《がん》で、余命幾許《いくばく》もないんだと。だから奴を説得し、息子すぐにも地元に戻ってもらってくれと言うんだ。親父さんは、自分が生きているうちに、息子が結婚し、自分の病院を継いでほしいと願ってるってな。妹さんは俺と奴の関係を調べ上げたようで、奴が東京に留まる理由が俺にあると思ったらしい。それで俺のところに頼みにきたんだ」

「…………そうか……」

それ以外、相槌の打ちようがなかったらしい江夏が、なんともいえない顔で頷く。まあ、驚くべき内容だよな、と冬城は苦笑し、残りの話を一気に片付けるべく口を開いた。

「だから俺は奴に別れを切り出した。さすがに妹さんの頼みは断れないだろう？　奴はどうしても納得できないとごね、ストーカーさながら俺につきまとうようになったが、それでも無視し続けた結果が、今夜の襲撃だ。まさかあいつも俺を本気で殺そうとしているわけじゃなく、一方的に別れを切り出されてキレただけだとは思う。まあ、ここまできたら、妹さんに連絡をして兄貴にすべて事情を話し、説得してもらうつもりだ。十年も付き合ってきたのにただ『別れる』じゃあ、納得できないだろうし、最初から説明するべきだったんだろうなあ」

うん、と頷いた冬城の耳に、少し掠れた江夏の声が響いた。

「……十年付き合ってたのはお前も一緒だろ？　簡単に別れちまってよかったのかよ」

「え？」

まさかそんなことを問われるとは思わず、冬城は戸惑いの声を上げ江夏を見た。江夏は相変わらず真剣そのものの表情をしており、冬城をからかっている様子はない。

なぜにそんなことを聞いてきたのか、と思いながらも、冬城は、その話を妹から聞いたときと同じく苦笑し首を横に振ってみせた。

「だって、仕方がないだろう？　死にかけた親の希望だ。叶《かな》えてやりたいと思うじゃねえか」

「………」

江夏がまた、なんともいえない顔をして黙り込む。冬城は、ここまでの話では誰と特定できないだろうと思いながらも、念のためと、そんな江夏に向かって頭を下げた。

「だから、頼む。このことは決して警察沙汰にはしないでくれ。そんなことを知ればあいつの親父さんはすぐさま天国に行きかねねえからな。俺も届けを出す気はねえし、奴も事情を知りゃあ、さすがに目を覚ますだろ。万が一にもまた斬《き》りかかられたら自己責任だと納得するから」

な、頼む、と頭を下げた冬城は、肩をバシッと叩かれ、驚いて顔を上げた。

「お前はなんつうか……いい奴だなあ」

しみじみ、といった調子で、江夏がそう言う。酔いで赤らんだ彼の顔はだらしがなかったが、目はやたらと綺麗に輝いている、と思わず見入ってしまいそうになる自分に気づき、冬城ははっと我に返ると、己の肩に乗る江夏の手を払い落とした。

「別に、いい奴じゃねえよ」

「いや、いい奴だ。いけすかねえ野郎だと思ってたが」

「いけすかねえとはなんだよ」

「うるせえな。いい奴だって言ってんだから、否定してんじゃねえよ」

「お前にいい奴だなんて言われんのが気持ち悪いんだよ」

「なんだとお?」

「やるか?」

テーブルを挟み、なぜにこうもいがみ合うことになったのかというような言い争いを始めた二人は、またも店内の注目を集めていることに同時に気づき、やばい、と慌てて頭を掻いた。

「いや、失敬。ま、ありがとよ。いい奴だなんて言ってもらえて嬉しいわ」

心にもないことを言い、愛想笑いを浮かべながら冬城が目で、座ろう、と合図する。

「こっちこそ悪かった。もう一杯、飲むか？」

江夏もまた、愛想笑いと一目でわかる笑いを浮かべると、厨房《ちゅうぼう》から二人を窺《うかが》っていたおばちゃんに「すまん、生二つ！」と大声を上げた。

「しかしそうか、ゲイだったのか」

すぐにやってきたジョッキを、乾杯、と合わせたあと、江夏がしみじみとそう言い、ちら、と冬城を見た。

「なんだよ、悪いかよ」

「いや、悪くはねえ。ただびっくりしただけだ」

「まあ、びっくりする気持ちはわかる」

冬城がそう頷いたのは、そういったリアクションには慣れていたためだった。学生時代にいやというほどそれを味わった彼は、ゲイであることを極力隠すようになった。特に恋人が――今やストーカーと化してはいたが――できたあとには、二人の関係を世間に隠す気持ちもあり、絶対にゲイであることを人に明かさなかった。

その美貌から、男女問わず声をかけられることは多かったが、色恋沙汰には興味がない、という姿勢を冬城は貫いた。誰にもなびかないとわかると、皆納得してくれ、それでこの十年以上を『堅物』として過ごしてきた。

実際に堅物かと問われたら、まあ、そうでもないのだが、などと考えていた冬城の耳に、ぼそりとした江夏の声が響く。

「誤解すんなや。別に差別する気はねえ。単に驚いただけだ」

「………」

先ほど江夏は自分を『いい奴』だと言ったが、彼こそ『いい奴』ではないか、と冬城はなんだか笑ってしまった。

「なんだよ？」

いきなり目の前でくすりと笑われ、何がおかしいのだ、と江夏がむっとした顔になる。

「いや、なんでも……」

ここで『いい奴だ』と言えばまた『そんなことはない』と彼が答え、口論になるような気がした冬城は、そこで適当に言葉を濁すと、そうだ、と思いつき、逆に江夏に問いかけた。

「ところでお前は？　独身か？」

「俺か？」

唐突に話を振られ、江夏は戸惑いの声を上げたものの、すぐに、

「ああ、そうだ」

と頷き、ジョッキを一気に呷った。

「男ヤモメ?」

イメージ的にそうだろうと冬城が問いかけた途端、江夏がむっとした顔になった。

「誰がヤモメだ。独身貴族だ」

「えー? 子供が三人くらいいそうに見えるぜ?」

「なわけねえだろ。だいたい俺がいくつだと思ってるんだ?」

江夏に問われ、冬城はじっと彼の赤らんだ顔を見たあと、思ったとおりを答えた。

「四十五」

「馬鹿野郎、まだ三十八だ」

「えーっ?!?」

驚きのあまり、思わず上げてしまった冬城の大声が店内に響き渡る。

「うるせえって」

「ああ、みなさん、すみません」

今日、何度目だ、という詫びを店内に入れてから、冬城はまじまじと自分を『うるせえ』と怒鳴りつけた江夏を見やった。

「あんだよ」

「ふけてんなー」

「余計なお世話だ。お前が若すぎるんだよ」

「ソッチこそ余計なお世話だ。しかし三十八か。見えねえ」

「うるせえ」

へえ、と尚もまじまじと冬城が江夏を見る。と、江夏はあまりにじろじろ見られたせいか、顔を赤らめ、ぶすっとしたままそっぽを向いた。

「結婚とか、考えなかったわけ？」

それを面白がったわけでもないのだが、冬城が江夏の視線を追い問いかける。

「それどころじゃなかったからな」

「なんで？」

「仕事だ」

「仕事ねえ」

ふうん、と頷きながら、冬城が尚も江夏の顔を覗《のぞ》き込もうとする。

「なんだよ」

「もてねえ言い訳じゃねえの？」

うるせえな、と尚も顔を背けた江夏を、冬城がからかう。

「ああ、そうだよ！」

江夏は相当むっとしたのか、大声でそう言い捨てると、

「これ、勘定！」

とポケットから取り出したくしゃくしゃの五千円札を一枚テーブルに置いて店を出ようとした。

「多いって」

「うるせえ」

釣りを渡そうとした冬城を振り返りもせず、江夏が店を出ていく。

「からかいすぎちまったかな」

くす、と冬城は笑うと、残っていたビールを一気に呷り、「おばちゃん、勘定」と店の奥に声をかけた。

冬城がああも江夏をからかったのは、実は彼を気に入った、その表れだった。別に『いい奴』と言われたからではない。なんというか、彼の仕事に全力を傾ける姿勢に、自分の仕事に対する思いが重なってみえた、それが冬城の江夏を気に入った理由だった。

思えば二ヶ月前のあの失礼なクレームも、仕事に一生懸命だったため、周囲が見えなくなっ

ていたとすると納得もできる。結局、犯人は江夏の見立てどおりだった、という後日談も今となっては江夏に対する好印象に繋《つな》がっていた。

仕事に対して一生懸命な人間を冬城は好んだ。大型犬の助手、石田しかり、そして見た目四十五の男ヤモメ、江夏しかり。自分の仕事に誇りを持ち、人一倍努力してその遂行を目指す、そんな人間は、男であれ女であれ、好きなのだ、と思いながら冬城は支払いを江夏が置いていった五千円札ですべてすませると、おばちゃんに「騒いでごめんな」と声をかけ、店を出た。

「あ」

暖簾《のれん》を上げた途端、店の戸を背に佇《たたず》んでいた江夏に気づき、冬城は慌ててポケットから財布を出そうとした。

「やっぱ、釣り、いるだろ？」

てっきり冬城は江夏の目的が払いすぎた金額の回収だと思っていたのだが、冬城がそう言うと江夏はあからさまにむっとした顔になり、「いらねえ」とそっぽを向いた。

「え？　じゃあなんで？」

外で待っていたのだ、と問いかけた冬城を、江夏がじろりと睨む。

「家まで送る。お前のモトカレが襲ってくるかもしれねえだろ」

「ああ……」

やはり彼は自分の考えたとおり、『仕事人間』であった、と冬城は思わず苦笑した。

「なんだよ」

何がおかしい、と江夏がますますむっとした顔になる。

「いや、ありがたいと思ってさ」

「全然言動が一致してねえ」

冬城としては本心を言ったつもりだったのだが、江夏はそれをからかわれたと思ったようで、ぶすっとしたまま彼の横に立って歩き始めた。

「俺だって好きでお前を送ってるわけじゃねえんだからな」

悪態のつもりなのだろう、江夏がぶつくさそう言いながら、足を進める。

「そりゃそうだろうよ」

「わかったら、すぐにも奴の妹に連絡入れろよ？　いいな？」

相槌を打った冬城に、相変わらずそっぽを向いたまま、江夏がきつく言い捨てる。

「……ま、俺としたら刺されてもいいんだけどな」

あとから冬城は、なぜ、そんなことを呟いてしまったのだろうと首を傾げることになるのだが、そのとき彼の口からぽろりと『本音』が漏れた。

「なんだと？」

江夏がぎろりと冬城を睨み、何か言おうとする。ふざけるな、という手の言葉だろうと冬城は察し、言われる前にと肩を竦めた。

「冗談だよ。奴を殺人犯にさせるわけにはいかねえからな」

「…………」

なぜかその言葉を聞いた江夏は、一瞬、なんともいえない顔になったあと、ふい、と冬城から顔を背け、空を見上げた。冬城もつられて空を見る。

「東京は星が見えねえなあ」

ぼそ、と江夏が呟いた、その声が酷く震えているように冬城の耳には届いた。

「あんた、田舎《いなか》どこ？」

「東京」

「はあ？」

てっきり地方の県名を答えると思った江夏にそう返され、冬城が素っ頓狂な声を上げる。

「三代続いた江戸《えど》ッ子《こ》よ」

「どこだよ？」

「立川《たちかわ》」

「そりゃ都下っていうんだよ。江戸ッ子とは認められねえ」

「差別しやがったな」

他人が聞いたら、馬鹿馬鹿しいとしかいいようのない言い合いをしながら、冬城と江夏は道を歩いていく。

まったく、何をやっているんだか、と内心苦笑しながらも冬城は、

「電話番号が〇三区域じゃなきゃなあ」

と尚も江夏をからかい続け、

「今は携帯の時代だろうっ」

と吠える彼の横で、我ながら楽しげとしかいいようのない笑い声を上げたのだった。

3

翌朝、冬城《ふゆき》は寝不足の頭を抱えつつ、法医学教室のドアを開いた。

「おはようございます！　冬城さん、顔色悪いようですが、大丈夫ですか？」

既に出ていた石田《いしだ》がぎょっとした顔になり、冬城に駆け寄ってくる。彼をそうも慌てさせるほどに顔色が悪かった冬城は、実は一時間ほどしか睡眠を取っていなかった。

昨夜、江夏《えなつ》に家まで送ってもらったあと、早速冬城はモトカレの――柳本孝史《やなぎもとたかし》の妹、彰子《あきこ》の携帯に電話を入れた。

彰子にショックを与えないように配慮しつつ彼は、兄、孝史に今日駐車場で襲われたこと、彼がナイフを持っていたことを説明し、申し訳ないがすべて事情を明らかにしてはもらえないか、と彼女に頼んだ。

『本当に……本当に申し訳ありません……っ』

冬城の気遣い空《むな》しく、電話口で彰子は半狂乱になった。泣いて詫《わ》びる彼女を宥《なだ》めすかし、とりあえず兄を説得してくれ、と頼むのにかかった時間は三時間半、ようやくベッドに入ることができた頃には、白々と夜が明けていた。

「大丈夫だ。それより昨日の解剖所見、もう一回見せてくれ」

「あ、はい」

冬城の指示を受け、心配そうにしながらも石田が昨日の解剖所見をデータ一式、冬城の許《もと》に提出する。書類と一緒にコーヒーも持ってきてくれた石田に、

「サンクス」

と冬城は隈《くま》の浮いた顔に笑みを浮かべてみせると、かえって恐縮する石田はそれきり無視し、書類を捲《めく》り始めた。

「……うーん……」

昨夜は——というより『今朝』に近い——疲れ果てて眠りについた冬城だったが、目覚めたときに、やはりあの遺体は何かひっかかる、という思いが胸に宿った。何がひっかかるんだか、と写真を眺め、遺体の膝《ひざ》と足首、しっかり残っている索痕《さくこん》に注目する。

やはりここか、と冬城は尚《なお》もじっとその痕《あと》を見やったが、そのとき彼の頭にふと閃《ひらめ》くものがあった。

「あ」

「どうしたんです？　冬城さん？」

　冬城の漏らした声は微《かす》かなものだったというのに、耳ざとく聞きつけた石田が駆け寄ってくる。その彼に向かい冬城は立ち上がり叫んでいた。

「すぐ、検索かけてくれ。二年前……いや、三年前だ。女性の自殺体だった。今回のようにドアノブにひもをかけ、両脚を自分で縛って亡くなっていた女性がいたはずだ。場所は確か荻窪《おぎくぼ》のマンション！」

「え？　ええ？」

　頭に浮かぶがままに次々言葉を発していた冬城についていかれず、石田が戸惑いの声を上げる。

「だからっ」

　もう一度繰り返す、と冬城が更に高い声を上げかけたそのとき、

「なんだよ、朝から騒がしいな」

　部屋のドアがノックと同時に開いたかと思うと、江夏がひょいと顔を出した。

「お前！」

「よお、昨夜はどうも」

　江夏の顔を見た途端、冬城が彼に駆け寄っていく。

「ちょうどいいところに来てくれた」

「なんだよ、俺はただ、お前に届いたっちゅう脅迫状の件で来ただけなんだが……」

勢い込んで喋《しゃべ》り始めた冬城に江夏はたじたじとなりながらも、彼がここに来た理由を説明し出した。

「今は脅迫状なんていい！」

「よかねえだろ。脅迫状のほうは誰から来たか、まだわかってねえんだから」

「それより！　三年前のＯＬの自殺、すぐ調べてくれ！　場所は荻窪、昨日検案した男とまったく同じ状態で亡くなっていた女性の自殺体があったはずだ」

「なんだと？」

石田同様、途中まではわけがわからないといった表情を浮かべていた江夏だったが、彼のほうが石田よりも頭の回転は速かったようで、

「時期は三年前、場所は荻窪だな？」

と確認を取ると、ポケットから携帯を取り出しかけ始めた。

「他に何かねえのかよ。せめて何月とか、遺体の特徴とか」

番号をプッシュしながら問いかける江夏の前で、冬城が目を閉じ必死で記憶を辿《たど》る。

「……夏……いや、六月だった。被害者は翌週結婚する予定で、ジューンブライドだったのに、

と言われてた。遺体の年齢は二十二歳、第一発見者は彼女の兄だ。お兄さんは自殺だとなかなか納得しておらず、何度も警察に来ていたと、所轄の刑事から聞いた気がする」

「あ、俺だ。すぐ調べてくれ。三年前の六月、女性の自殺体だ。場所は荻窪、二十二歳のＯＬで、翌週結婚する予定だった。第一発見者は兄で、自殺とは納得できず、杉並署《すぎなみ》に何度も来たそうだ。杉並署にも問い合わせてくれ。誰か覚えている人間がいるかもしれん。わかったらすぐ、携帯に連絡してくれ」

冬城の前で江夏が電話に向かい、冬城の言葉を彼なりに的確にまとめ上げて伝えている。さすがだ、と冬城は思わず江夏に見惚《みと》れてしまっていたのだが、電話を切り終えた彼に、

「おい、どういうことだ？　説明してくれ」

と問われ、はっと我に返った。

「……ああ、実は昨日からずっと気になってたんだ」

見てくれ、と江夏を自分の席に導き、解剖所見と写真を見せる。

「両脚を縛ったあとがあるだろう？　女性ならまだ、わかるんだ。死んだときに脚が開いているのはみっともないという心理から、きっちりと脚を縛るケースはある。だが男がそんなことを気にすると思うか？」

「……まあ、人によるとしかいいようがないが……きっちりとした姿勢で死にたかったという

こともあるだろうし……」

江夏が首を傾《かし》げたのは、彼の耳にこの件が自殺の可能性が濃厚であると入っているためではないかと冬城は見た。確かに寸分の乱れのない状態での死を望む自殺志望者もいる。が、今回は符合が多すぎるのだ、と冬城は先ほど彼の記憶の底から蘇《よみがえ》ってきたばかりの『符号』を江夏に向かい叫んだ。

「それからレジャーシート。遺体の下にあったあのレジャーシート、あれが同じ柄なんだ」

「柄？」

「ああ、銀の地にビールメーカーのロゴが入ってた。三年くらい前に、懸賞だったか酒屋でくれるかしたやつだと思う。部屋に入ったとき、なんだか違和感があったんだ。今回の遺体も確か、そのシートを敷いていた。くそ、なんで現場で気づかなかったんだか」

「待て待て待て。シートが同じってのは確かか？　三年前の現場だぞ？」

「三年前だろうが五年前だろうが、同じもんは同じなんだよ」

確認を取ってくる江夏に、冬城がそう言い切る。江夏は一瞬、どうしようかと考える素振りをしたが、すぐに、

「わかった」

と頷くと、再び二つ折りの携帯を開いた。

「おい、俺だ。さっきの三年前の事件、至急ファイルをT大に届けてくれ。すぐだ。いいな？　わかったな？」

電話に向かい指示を出していた江夏の顔色がさっと変わった。

「なんだと？　本当か？」

「どうした？」

仰天している様子の江夏に今度は冬城が驚き、彼の顔を覗《のぞ》き込んだ。

「わかった、すぐ送ってくれ」

蒼《あお》い顔のまま江夏が短く指示を出し、電話を切る。

「おい、どうしたんだよ？　まるで幽霊でも見たような顔してるぜ？」

昨日同様、無精髭《ぶしょうひげ》が浮いている江夏を冬城はからかったつもりだったのだが、江夏の口から出た言葉は――。

「幽霊……そうかもな」

「なに？」

どういう意味だ、と冬城が眉《まゆ》を顰《ひそ》め江夏に問う。

「……昨日お前が解剖した遺体、その三年前の事件の女性の婚約者だそうだ」

「え？」

冬城は最初、江夏は冗談でも言っているのかと思った。

「なに、馬鹿なこと言ってるんだ」

ふざけている場合じゃないだろう、と江夏を睨《にら》む。が、江夏の蒼白《そうはく》な顔を見た瞬間、冬城は彼が真実を語っていると察したのだった。

「……うそだろ?」

「信じられねえが嘘じゃねえ。捜査一課も驚いている」

すぐコピーをファックスさせた、と江夏が言ったとき、室内の複合機がウイン、と音を立てた。

「ファックス、来ました!」

傍《そば》で二人の会話を聞いていた石田が慌てて複合機に走る。十枚近いファックスが届き終わると石田はすぐにそれをピックアップし冬城と江夏の許に届けた。

「今回の被害者は、三年前の自殺体——近江《おうみ》淳子《じゅんこ》さんの婚約者、高橋《たかはし》優《まさる》だ。そして今回の第一発見者がこの……」

江夏がせわしなく書類を捲り、見つけたその名を指でさす。

「近江正克《まさかつ》。近江淳子の兄だ」

「…………そんな偶然、あり得るか?」

江夏に問う冬城の顔も、いつの間にか蒼白になっていた。

「それより、レジャーシートだったよな?」

江夏が冬城の問いには答えず、コピーを捲る。

「あ」

写真はさすがにファックスではよく見えなかったが、メーカー名が書いてあったらしい。

「本当だ。同じだ」

ほら、と江夏が再び冬城に調書のコピーを指さしてみせる。

「………偶然じゃねえな」

冬城の唇の間から、押し殺した声が漏れた。

「三年前の現場を正確になぞっている……か?」

調書を読みながら、江夏はそう問いかけ、ちらと冬城を見やった。

「おい、どうしたよ」

その彼がぎょっとした顔になったのに、一人の思考の世界に入りかけていた冬城ははっと我に返った。

「なに?」

「お前が今度は幽霊見たような顔になってるぞ」

江夏は冬城を揶揄《やゆ》しようとしたらしいが、今の冬城にはそのからかいに乗る気力がなかった。

「……おい？」

悪態をつき返すこともなく黙り込んだ冬城の顔を、江夏が心配そうに覗き込む。

「その調書、ちょっと見せてもらっていいか？」

「あ？　ああ、勿論《もちろん》」

年間何体と数え切れないほど冬城は遺体の解剖をしてきたが、毎度思い入れを持ってあたっているため、一件一件、何かしらの記憶は残っていた。

今、調書を目の前にし、三年前に自分が解剖した女性の遺体の様子が鮮明すぎるほど鮮明に彼の脳裏には蘇っているのだが、あまりに細かいところまでが今回の遺体と合致していることに、なぜ自分は気づかなかったのか、と猛省していた。

三年前、冬城は女性の自殺体の検視に立ち会った。犯罪性のない件は行政解剖、犯罪性が少しでも疑われる遺体に関しては司法解剖に回される。その女性は冬城の目から見て、どう考えても自殺体であったのだが、彼女の家族が『自殺などするわけがない』と主張し、それで司法解剖をすることになったのだった。

メスは冬城が握った。先入観はできるだけ持たずに、結果だけを見ようといくら考えても、冬城の目にはすべてが『自殺』を指しているようにしか見えなかった。

死に方は今回解剖した男性とまるで同じだった。ドアノブにスカーフをかけ、それで首を吊っったのである。

冬城が彼女を『自殺』と判断したのは、まず、胃の中が空っぽであったこと、また、両脚がだらしなく開かぬよう、自身の手で膝と足首の部分を縛り、身体の下にビニールシートを敷いていたこと、何より、彼女が念入りに化粧を施していたことなどがその理由だった。

覚悟の自殺であるから、綺麗《きれい》に化粧をしたのだろう。また、首を吊ったときに吐瀉物《としゃぶつ》がないように、という配慮から、胃の中を空っぽにしていたのだろうし、両脚を縛ったのも死後だらしない印象を周囲に与えないため、レジャーシートは失禁を恐れたため──膀胱《ぼうこう》も空っぽだったが──すべての状況が彼女を自殺と指しており、他殺と見られるような状況は一つもなかったので、冬城は『自殺』という判断を下し警察に報告した。

遺書はなかったものの、部屋は施錠されていたとのことと、何より婚約者が──今回亡くなった高橋をはじめ、友人知人皆が、このところ彼女は酷《ひど》く思い詰めている様子だったと証言したため、警察は自殺と判断した。

それでも彼女の兄だけは妹が自殺したとは信じられないと主張し、警察に通い詰めていたという話で、冬城のところにも一度電話をかけてきたことがあった。

『絶対に自殺ではありません』

怒鳴りつけるような勢いでそう告げる彼に冬城は、なぜ自殺であると判断したのか、その一つ一つを懇切丁寧に説明したのだが、兄は納得しなかった。

『あり得ない‼』

ガチャン、と電話を切られたときの記憶がまざまざと冬城の脳裏に蘇る。と同時に昨日現場で見た第一発見者の姿もまた蘇った。

「……あ……」

「おい、どうしたよ？」

思わず冬城が声を漏らしたのは、昨日は気づかなかったものの、自分がその男に見覚えがあると今になって気づいたためだった。それまでぼんやりしていたのに不意に声を上げた彼を訝《いぶか》り、江夏が顔を覗き込んでくる。

「……思い出した。第一発見者の近江、俺、見たことあるわ」

「なんだとお？」

江夏が大きな声を上げる、その声を聞く冬城の頭の中では、その時々に見た近江の顔が巡っていた。

絶世の美貌の持ち主である冬城は、街を歩いていても人から注目されることが多い。幼い頃からそうであったため、彼自身、すっかり慣れてしまっているのだが、それでも時折気になる『視線』はあった。異常性愛者の視線である。

柔道黒帯の彼ゆえ、電車で痴漢に遭うことがあってもその場で撃退するために直接的な被害は今までない。が、『視姦《しかん》』ともいうべきねちっこい視線を浴びるのみ、といった場合には、特に何をされるわけでもないので放置するしかないのだが、たいていは冬城が視線を合わせると『見つめるだけ』の輩《やから》は向こうから目を逸《そ》らせた。

その『視姦』の輩の中に、この近江という男はいた、と冬城は思い出したのだった。視線を感じ、ふと顔を上げると人混みの中、自分から目を逸らす男がいる。その中の一人だ、と気づいた冬城の顔色は今や、蒼白に近くなっていた。

「おいっ！」

不意に肩を摑《つか》まれ、冬城ははっと我に返った。

「どうしたよ？」

すぐ近くに無精髭の浮いた江夏の顔がある。彼もあまり寝ていないのか、血走ったその目を見た途端、冬城の口からぽろりと言葉が漏れた。

「……もしかしたら、こいつかもしれない」

「え？　なんだって？」

冬城はあまり『憶測』を口にすることはない。解剖結果に限らず、私生活においても裏付けが取れた時点で己の考えを言葉にするほうなのだが、今回に限っては直感のみで己の考えを口走ってしまった、そのことが彼をまたも我に返らせた。

「……いや……なんの確証もないことだ」

慌てて首を横に振った冬城の顔を江夏はじっと覗き込んでいたかと思うと、やがて、「あ」と小さく声を上げた。

「え？」

「脅迫状か？」

何に気づいた、と眉を顰め問い返した冬城は、江夏がまさに自分と同じことを考えていたと知らされ、縁なし眼鏡《めがね》の奥、瞳を大きく見開いた。

「な……っ」

「やっぱりそうなんだな？　見たことあるってどこで見たんだ？　今までに接触はあったのか？　嫌がらせをされたことは？」

ずばりと言い当てられ、絶句した冬城の肩を揺さぶり、江夏が勢い込んで問いかけてくる。

「ちょっ、ちょっと待ってくれ」

江夏に焦られたことで逆に冬城は落ち着きを取り戻すことができた。慌てて江夏の前で首を横に振ると、思考をまとめながら彼に説明を始めた。

「接触してきたことはない。だが、何度か姿を見かけた気がする。三年前の事件のあとには、一度電話ももらっているが、その後、嫌がらせなどを受けた記憶はない。ただ、遠くから見られていた、それだけだ」

「直接連絡を取ってきたことは？」

「ない」

「……そうか……」

即答した冬城に、江夏がううむ、と唸《うな》る。

「そうなると、あの脅迫状の送り主が彼であるというのは、可能性の一つにすぎなくなるな」

「そのとおり」

江夏の確認に、冬城は大きく頷いたあと、

「だが」

と今度は彼から身を乗り出し、江夏の顔を覗き込んだ。

「おい、頼みがある」

「なんだよ」

端正な顔をあまりに近いところに寄せられたことで照れたのか、江夏が心持ち身体を引きながら冬城に問い返してくる。

「脅迫状はともかく、高橋優が自殺であるか否かは、微妙になったってことだよな？」

「……まあ、そういうことになるな」

冬城の問いに江夏が頷く。次の瞬間冬城は、

「それなら！」

と江夏の腕を摑み、訴えかけた。

「近江に事情聴取するなら、俺も連れていってほしい！」

「なんだって？」

唐突といえば、これほど唐突な申し出はないだろうという冬城の言動に、江夏が素っ頓狂な声を上げた。

「無理なお願いだとはわかってる。だが、俺も彼から話を聞きたいんだよ」

「無理に決まってんだろうが」

冬城の依頼を一刀両断のもと斬《き》って捨てた江夏だったが、冬城も負けてはいなかった。

「無理は承知だ。だが気になるんだ。なんなら例の脅迫状について被害届けを出す。あれは近江の書いたものだと」

「おいおい、まさかと思うが、お前本気で言ってんのか？」

江夏の呆《あき》れた声に、

「本気も本気。大マジだ」

冬城のそれこそ『本気』のこもった声が重なって響いた。

「…………」

江夏はじっと自分を見上げる冬城を無言で見下ろしていたが、やがて彼から目を逸らせ、はあ、と大きな溜《た》め息《いき》をついた。

「これがバレたら、懲戒モンだ」

「そのトシで警部補だったら、出世諦《あきら》めてんだろ?」

暗に連れていく、と答えた江夏の前で、冬城がにっと笑って彼の胸の辺りを叩《たた》く。

「失敬な。昇格試験を受けるヒマがねえんだよ。第一そのトシってなんだ」

「四十五だろ」

「三十八だっつーの」

「あ、あの……」

漫才さながら、丁々発止のやりとりを続けていた二人は、遠慮深い石田の呼びかけを聞き、同時に彼を振り返った。

「なんだ」

「どうした」

「江夏さんにファックスの続きがきてました。これなんですけど……」

言いながら石田が差し出してきた三枚の紙片を江夏が受け取り読み始める。冬城もそれを横から覗き込んでいたのだが、その内容には愕然《がくぜん》とし、思わず江夏を見上げた。

「…………」

江夏もまた愕然とした顔を冬城に向けてくる。

届いたファックスは捜査一課の三木《みき》からのもので、冬城の許に届いた脅迫状に付着していた指紋について書かれていた。

いくつか指紋が残されていたのだが、そのうちの一つがなんと、今回、自殺と見込まれていた遺体、高橋のものだったというのである。

「……どういうことだよ？」

脅迫状の差出人があの遺体の青年だったというのか、と顔を思い起こしていた冬城の横で、江夏は「いや」と首を横に振ったかと思うと、やにわに冬城の腕を摑んだ。

「なに？」

「行くぞ」

「どこへ？」

そのまま冬城を引きずるようにして歩き始めた江夏の背に、冬城が慌てて問いかける。

「近江のところに決まってんだろうが」

「……っ」

肩越しに彼を振り返り、江夏が告げた名に、冬城ははっとした顔になると、江夏に取られた腕を振り払った。

「引っ張んな」

そう彼を睨んだあとに逆に江夏の腕を摑み、足を止めさせる。

「なんだよ」

「石田、悪い。ちょっと出てくる。あとは頼む」

問いかけてきた江夏には答えず、冬城は振り返って、二人の様子をはらはらしながら見つめていた石田に一言そう声をかけると、改めて江夏へと視線を戻した。

「行くぞ」

「おう」

頷いた江夏がポケットから携帯を取り出しかけ始める。

「三木か？　俺だ。これから近江のところに事情を聞きに行く。奴は今、どこだ？」

問いかけながら足を進める彼のあとに、冬城も続いた。

「自宅か。わかった。また連絡するわ」

江夏が電話を切り、冬城を見る。冬城もまた江夏を見返し頷いてみせた。

「四谷《よつや》だと」

「近いな」

「心の準備は？」

「できてるに決まってんだろ」

「そりゃ結構」

「ふざけてんのか、てめえ」

言い合う内容はくだけた調子だったが、二人の顔は真剣だった。

「物凄《ものすご》く嫌な予感がするぜ」

会話が途切れた途端、ぼそりと冬城が呟《つぶや》く。

「………」

江夏はそんな彼をちらと見下ろし、何かを言いかけたが――悪態の類《たぐい》だと冬城は推察し、言い返してやろうと身構えた――結局は何も言わずに冬城の背をぽんと叩くと、

「行くぜ」

一言だけそう告げ、拍子抜けしつつも「おう」と頷いた冬城を促し足を速めたのだった。

「すげえな」

近江の住居は、いわゆる『億ション』といわれる瀟洒《しょうしゃ》なマンションだった。四谷三丁目《よつやさんちょうめ》駅から徒歩三分という立地の良さといい、いかにも金がかかっている感じの外観といい、まさに『すごい』としかいいようがない、と冬城は建物を見上げた。

しかも近江の住居は最上階のいわゆる『ペントハウス』だという。

「近江って何者だ？」

なぜにそうも金を持っているのだ、と思い問いかけた冬城に、江夏は手帳を捲りながら近江のプロフィールを説明してくれた。

「父親が大手製薬会社のオーナー社長で、彼はその跡取り息子だそうだ。今は東京《とうきょう》で総合商社に勤めてるが、それは『社会勉強』のためらしく、今月末には退職して親父《おやじ》さんの会社にリターンする予定らしい。まあ、絵に描いたようなぼんぼんっちゅうことだろう」

「……そういう男だったのか……」

確かに育ちの良さそうな顔をしていた、と冬城は近江を思い起こし、思わずぼそりと呟いていた。

「亡くなった淳子さんとは腹違いだそうだ。近江の母親は早世していて、その後親父さんは若い後妻を迎えた、それが淳子さんの母親だ。腹違いでも兄妹仲はよかったという評判だった。それだけに妹の死を自殺と認めたくなかったんだろうが……」

江夏はそこまで手帳を見ながら喋ったあと、冬城をちらと見やった。

「なんだよ」

「びびってんじゃねえぞ」

問い返した冬城に、江夏がにやりと笑いかける。

「びびってねえよ。行くぞ」

先に立って歩き始めた冬城を江夏が「待てよ」と追う。

「お前、負けず嫌いだな」

「子供じゃねえんだから、それはねえ」

「いや、ある」

ぽんぽんと会話を続けるうちに、実は江夏が言うように多少の『びびり』を感じていた冬城の心が落ち着いてきた。

まさかその効果を狙《ねら》ってのことか、と冬城が江夏をちらと見る。

「あんだよ」

「いや、別に」

無精髭の浮いている顔、がさつなその喋り方に、さすがにそこまで細やかな心配りができるわけがないか、と冬城は思わず笑ってしまいながら首を横に振った。

「変な奴」

「変で結構」

「どうでもいいが、でしゃばんなよ？　俺を降格処分の憂き目にだけは遭わせるな」

「下から数えたほうが早い役職だろ。降格したってたかが知れてんだろうに」

「なんだとぉ？」

ぽんぽんと会話が始まることに、また冬城は苦笑し、江夏はむっとした顔になる。

「お前は本当に思いやりの心ってもんがねぇ」

「相手を見てるだけだ」

「なんだと？」

またも言い合いを始めてしまう自分たちに、冬城はすっかり己の緊張が解けていることに気づいた。

江夏はやはり『思いやりの心』ってもんがある男というわけだろう、と冬城は彼を見やると、

「どうでもいいが、行こうぜ」

とその広い背中を思いっきり、バシッと音を立てて叩いてやったのだった。

4

近江は部屋にいた。江夏が警察だと名乗ると彼はすぐにオートロックを解除し部屋に招いた。

エレベーターに乗り込んだあとには、他に同乗者がいたわけではなかったが、自然と江夏も冬城も無言となった。黙り込んだまま二人はじっと、表示灯が最上階へと向かっていくのを見つめていた。

近江の部屋の前に到着し、江夏がインターホンを押すと、ドアはすぐに開いた。

「どうぞ」

若い男がドアを大きく開き、江夏を迎え入れようとして、彼の後ろにいた冬城を見やった。

「…………」

かっちりと音がするほど二人の目線は合ったというのに、近江の反応は薄かった。

「お入りください。男の一人暮らしですので散らかっていますが」

そう言い、二人を部屋に通した近江だったが、室内は散らかっているどころか高級マンションのモデルルームさながらに綺麗に片付いていた。

「お茶でも淹《い》れましょう」

「いや、おかまいなく」

二人をリビングに通し、キッチンへと向かおうとする近江を、江夏が呼び止めた。

「それよりお話を伺いたいのですが」

「はい」

江夏と、そして冬城に向かい、近江は頷くと二人の正面のソファに腰を下ろした。やはりこの男に間違いない、と冬城は近江の顔をまじまじと観察し、心の中で一人頷いていた。

少し腺病《せんびょう》質なところを感じさせるが、端整な顔の持ち主である。サラリーマンとしては髪が少し長いが、その髪型が細面の顔にはよく似合っていた。

亡くなった彼の妹は、まるで兄には似ていなかった。兄が純和風の容貌であるのに対し、妹はどちらかというとハーフかクオーターのような派手な顔立ちをしていた。兄妹と言われなければ気づかなかっただろう、と三年前に解剖した彼女のことを思い起こしていた冬城は、近江が自分へと視線を向けてきたのに、はっと我に返った。

「そちらの方は？　刑事さんには見えませんが」

ちら、と冬城を見たあとに、江夏へと視線を戻し問いかける。冬城は名乗ろうとしたのだが、それを江夏がすっと手を挙げ抑えた。

「いや、私の同僚です」

言いながら江夏が警察手帳を近江に示す。

「刑事さんですか？　それなら手帳は？」

近江が意外そうに目を見開く。江夏は彼にそれ以上喋る隙《すき》を与えず、質問を開始した。

「昨日の高橋さんの件について、お話をお伺いしたいのですが、第一発見者でいらしたんですよね？」

「はい。前夜から用事があって携帯に電話を入れてたんですが、連絡が取れなくて。一応留守電に伝言は残したんですけど、いつもはすぐ返事をくれるのにまったく連絡がないのが気になりまして、それでマンションを訪ねたんです。幸いなことに今は毎日が休日みたいなものですので」

今月末で退職するために、有休消化でずっと会社を休んでいるのだ、と近江は補足説明を加えたあと、それで、というように江夏を見た。

「マンションは施錠してあったのですね？」

「はい。管理人に頼んで開けてもらいました。驚きましたよ。まさか彼が――高橋が自殺を図っていたなんて。覚悟の自殺だったようですね。本当に痛ましい限りです」

まさに立て板に水のごとく、近江は一気にそこまで喋ると、ちら、と冬城を見た。

「……っ」

目が合った途端、近江が微かに唇の端を上げて微笑《ほほえ》んでみせた。その顔を見た冬城は思わず息を呑《の》んでしまった。

「………」

気配を察したらしい江夏が、冬城を見やり、はっとした顔になる。おそらく己の顔色の悪さに驚いたのだろうと察した冬城は、大丈夫だ、というように彼に頷くと、近江に視線を戻し口を開いた。

「高橋さんが自殺される心当たりは何かありますか？」

「いや、まったくありません」

近江は一瞬だけ、目を見開いたものの、すぐにその目を細めて微笑むと、大仰な仕草で首を横に振ってみせた。

「悩んでいる様子ではありましたが、まさか自殺まで考えていたとは思っていませんでした。でも、あの状況はどう見ても自殺……なんですよね？」

言いながら近江が、今度ははっきりと、にやっと笑ってみせ、冬城の顔を覗き込んでくる。

「近江さん、あなた、そりゃ一体……」

「……どういう意味です？」

江夏の気色ばんだ声と冬城の問いかけがシンクロして響く。近江は二人を代わる代わるに見やり、またも大仰に肩を竦めてみせた。

「ですから、高橋のあの死に様は、自殺と断定されてしかるべきものなんですよね？　と申し上げたんですよ。三年前、僕の妹があれとまったく同じ状況で亡くなりましてね。とても自殺とは思えないと何度も警察に足を運んだのですが、答えはいつも一緒でした。解剖の結果自殺と判断されたのです。自殺に間違いありませんと」

「……っ」

ここでまたも近江は冬城をじっと見つめ、にやりと笑った。凄惨《せいさん》なその笑みに思わず息を呑んだ冬城の横で、江夏が怒声を張り上げる。

「おい、ちょっと待てや、あんた。一体何が言いてえんだ？　三年前が自殺だったから、今回も自殺に違いねえとでも言いてえのか？」

「だってそうでしょう？　そうじゃなきゃ、おかしいじゃないですか」

さすが現職の刑事、江夏の恫喝《どうかつ》は非常に迫力があったものの、近江には少しも堪《こた》えぬようで、あっさりそう言い返すと、ねえ、と冬城に笑いかけてくる。

やっぱり彼に間違いない――冬城の中に確信が生まれた。

「近江さん、私に脅迫状を出したのはあなたですか？」

確信したと同時に確かめずにはいられなくなった冬城が問いかけたのに、近江は、

「はあ？」

と、わざとらしい大声を上げ、高く笑った。

「脅迫状？　なんのことです？『刑事さん』を脅迫した覚えなんかありませんけど？」

「近江さん、すみませんがね。一昨日の夜二十三時頃、あなた一体どこで何をしていました？」

けらけらと笑う近江を更に問い詰めようとした冬城の胸のあたりに江夏は腕を伸ばし、その言葉を遮ると、近江へと身を乗り出し問いかけた。

「それは？　もしや、高橋の死亡推定時刻ですか？」

近江はあっさりと江夏の問いに乗り、視線を彼へと向ける。

「はい」

「正直ですねえ。アリバイを聞かれるということは、僕は疑われているのかな？」

にやにや笑いながら近江が江夏に問いかける。

「でも高橋は自殺でしょう？　なんでアリバイを調べるんです？」

「関係者の皆さんに聞いてますもんでね」

近江の問いをあっさりと決まり文句で流し、江夏が再び問いかける。

「一昨日の二十三時頃、どこで何をされていました？」

「二十三時なら、友人と近所のバーで飲んでいました。友人の名前は友井《ともい》。連絡先が必要でしたら持ってきますが？」

「お願いします」

頷いた江夏に近江は「少々お待ちください」と微笑み立ち上がった。その後ろ姿を目で追っていた江夏が、傍らに座る冬城へと視線を向け、ぎょっとした顔になる。

「おい、どうした？　真っ青だぞ？」

「……同じだ……」

ぼそりと呟いた冬城の顔は、江夏の言葉どおり蒼白になっていた。足が震えてくるのを膝を摑んで止めようとする、その姿を見て江夏はようやく冬城の言う『同じ』に気づいたらしく、「あ」と声を漏らした。

「……三年前、高橋のアリバイも『友人とバーで飲んでた』だったな……」

確認とばかりに問いかけた江夏に、冬城が「ああ」と頷く。

「友人の名刺です。携帯の番号を下に書いておきました。どうぞお持ちください」

戻ってきた近江が江夏に向かい、一枚の名刺を差し出してくる。そのまま彼はソファに座ろうとせず、江夏を見下ろしていた。

「ありがとうございます」

江夏が礼を言い、立ち上がる。もうこれ以上話すつもりはないという近江のサインに気づいたためだろうと冬城も察し、立ち上がった。

「またお話を伺いにお邪魔するかもしれません」

玄関へと送られながら、江夏が近江の背に声をかける。

「いつでもどうぞ。携帯の番号でも交換しますか?」

近江は江夏を振り返り、また、にやり、と笑ってみせた。

「お願いしますわ」

江夏もまた微笑み返し、携帯を取り出す。赤外線で番号を送ろうとする近江に江夏は、

「すみません、口頭で」

と頼み、聞いた番号にかけて彼の携帯番号を近江に伝えた。

「あなたも」

「……ああ……」

近江が冬城に向かい、携帯を差し出す。

冬城はポケットから携帯を取り出し、二人は赤外線通信で番号を交換した。冬城の携帯を持

つ手が微かに震えているのを見て、近江がにやりと嫌な笑い方をしてみせる。冬城はそれに気づかぬふりをし、番号を交換し終えるとそれをアドレス帳に登録した。

「それでは失礼します」

江夏が挨拶《あいさつ》し、二人は近江の部屋を辞した。

「すげえな。赤外線で番号交換だなんて、若者みたいじゃねえか」

俺はやり方知らねえよ、と江夏が明るく声をかけながら、冬城の顔を探るような目で見る。

「……それじゃ、俺は戻る」

冬城は江夏の視線にもまた気づかぬふりをし、足早にその場を立ち去ろうとした。彼の頭の中は今一つのことで占められており、気持ちの余裕がまるでなくなっていた。

「送ってやる」

それを察したのか、江夏は何も聞かずに冬城の腕を取り歩き始めた。

「…………」

冬城は一瞬その腕を振り払いかけたが、やがて小さく息を吐くと、

「頼む」

一言そう言い、軽く頭を下げた。

車中、冬城は一言も喋らず、江夏もまた何も聞いてこなかった。冬城の身体の震えは収まっていたが、顔色は未だに悪いらしく、ハンドルを握りながら江夏がちらちらと目線を送ってきた。それに冬城はやはり気づかぬふりを通した。

大学に到着すると、冬城は礼もそこそこに車を降り、法医学教室へと走った。

「おかえりなさい」

声をかけてきた石田に冬城は「来てくれ」と告げ、何がなんだかわからないといった顔の彼と共に遺体安置所へと向かっていった。

「どうしたんです?」

昨日解剖した高橋の遺体を取り出し、じっと眺め始めた冬城の背後で、石田が心配そうな声を上げる。

「……石田、お前これ、どう思う?」

暫《しばら》く遺体を見つめていた冬城が顔を上げ石田を振り返ったが、その途端石田が、

「ど、どうしたんです?」

と冬城に声をかけてきた。

「真っ青ですよ?」

「俺の顔色はいい。それより、これ、どう思う?」

冬城はうるさそうに石田の問いを跳ね返すと、いいから見ろ、と遺体の首の部分を指さした。

「はい……」

相変わらず心配そうな顔をしながらも、石田が言われたとおりに遺体に覆い被《かぶ》さるようにして冬城の指さした部分を見る。

「頸部《けいぶ》の索痕、微かだが二重になってないか?」

「……あ……」

冬城の指摘に、石田が声を上げた。やはり彼の目にもそう見えるのか、と確認を取った冬城の顔から、ますます血の気が引いていく。

「……二重になるのは二度首が絞まったためだろう。一度では死にきれずに二度体重をかけたのか、それとも……」

冬城はそこで言葉を途切れさせると、

「あの?」

と問いかけてきた石田の肩を叩いた。

「首回りに残る繊維は、採取してあったよな?」

「あ、はい。遺体の首に巻いてあったネクタイのみでしたが……」

即答した石田に、冬城が問いを重ねる。

「昨日俺は、索痕が二重になってると言ったか？」

「……いえ、仰《おっしゃ》ってません」

石田の答えに冬城は「そうか」と頷くと、無言で彼の肩を叩いた。

「悪い。あとは頼む」

「え？　冬城さん、どうしたんです？」

慌てた声を上げる石田を残し、冬城は遺体安置所を飛び出した。そのまま建物の外に出た彼の目に、よれよれのスーツを着た男の姿が飛び込んでくる。

「よお」

「……帰ったんじゃなかったのか」

覆面パトカーに寄りかかり、煙草《たばこ》を咥《くわ》えていたのは冬城をここまで送ってくれた江夏だった。彼の足下に十本以上の吸い殻が落ちているところを見ると、冬城が出てくるのをずっと待っていたようである。

「ちゃんと片付けるって。それよりどうした？」

吸い殻を拾い集めながら、江夏が冬城を見上げ問いかけてくる。情けないとしかいいようのない江夏の姿を見る冬城の胸に、なんともいえない思いが広がってきた。

「……悪い。ちょっと付き合ってもらえるか？」

冬城はあとから、どうして江夏を誘ったのかと、そのときの自分の心理に首を傾げるのだが、一人胸に抱えるのは重すぎる事象が彼を突き動かしたものと思われる。

「へ？　付き合うって？」

江夏は素っ頓狂な声を上げたものの、すぐに「待ってろ」と拾った吸い殻を手に車のキーを開け、

「乗れよ」

と冬城を促した。冬城が乗り込むと江夏は灰皿に吸い殻を捨てているところだった。

「で？　どこに付き合えって？」

「酒」

なんでもないことを聞くような調子で問いかけてきた江夏だったが、冬城の答えを聞き、また素っ頓狂な声を上げた。

「酒だ？　じゃあ、車じゃダメじゃねえか」

降りろ、と言いながら江夏が先に車を降りる。冬城もまた車を降りながら、江夏が何も理由を聞いて来ないことに、なんとなく安堵《あんど》を感じていた。

「昨日のもんじゃ屋にでも行くか？」

「いや……」

冬城はどこへ行くか、暫《しば》し考えたあと、場所を銀座《ぎんざ》に決めた。

「銀座？」

「知り合いの店がある。そこへ行こう」

そう言うと冬城は江夏の前に立ち、タクシーを捕まえるべく大通りを目指して歩き始めた。

大学の前で客待ちをしていたタクシーに乗り込み「銀座」と告げてからも、冬城は一言も喋らず、江夏もまた何も聞かなかった。


渋滞しなかったために十五分ほどで車は冬城の指定した銀座八丁目に到着した。

「おい、どこ行くんだよ？」

すたすたと、いわゆるホステスがいる『クラブ』が建ち並ぶ路地を入っていく冬城のあとを、江夏が慌てて追う。

「高い店、連れてかれても困るんだが」

金がねえ、と言う江夏を冬城は肩越しに振り返り苦笑した。

「安心しろ。今夜は俺のおごりだ」

「別におごられる理由はねえ」

江夏が口を尖《とが》らせ冬城を睨む。冬城はそんな彼に苦笑で応《こた》えると、まっすぐに瀟洒なビルへと進んでいった。

「おい……」

どう見ても高級そうなクラブのドアを開こうとする冬城の背に、江夏が情けない声を上げる。

「まだ開店準備中じゃねえの？」

時刻は午後六時を回った頃だった。江夏の問いかけは、こんな高級クラブに入ることを躊躇《ちゅうちょ》したがゆえだったのだが、冬城はまるでかまわず、店内に足を進めた。

「あら、冬城さん。どうしたの？」

店は江夏の案じたとおり、ホステスたちのミーティング中だった。中央に立っていた和装の美人が、冬城と江夏、二人を見つけて驚いたように声をかけてくる。

「隅っこでいいんで飲ませてくれないか？」

ホステスが全部で二十人もいる、広々とした『高級クラブ』に圧倒されているのは江夏ばかりで、冬城はそう言うと案内されるより前に、店の隅に向かって歩き始めた。ホステスたちの視線が冬城の美貌に釘付《くぎづ》けになる。

「ちょっとあなたたち、気を散らせないで、ミーティングを続けて。雪乃《ゆきの》ちゃん、あと頼むわよ」

和装の美人は、傍にいた少し年配の、やはり美人のホステスにそう言い置くと、冬城を追うようにして店の隅へと向かった。江夏も慌てて冬城のあとを追う。

「潤《じゅん》ちゃん、ボトルと氷、持ってきて。冬城さん、何か食べる?」

どさりと冬城がソファに座る。その前の小さな椅子《いす》に美人は腰を下ろして冬城にそう問いかけたあと、所在なく近くに立っていた江夏をようやく見やった。

「いらっしゃいませ。どうぞ、お座りになって」

にっこり、と微笑み、冬城の隣を示してみせる。

「はあ……」

まったく慣れない高級クラブの店内に未だに緊張していた江夏が、ばりばりと頭を掻きながら冬城の横に座ると、冬城は二人を互いに紹介した。

「ママ、彼、刑事。江夏さん。江夏さん、こちら、鏡花《きょうか》ママ」

「よ、よろしくお願いします」

「あら、刑事さんなの。てっきり冬城さんの新しい彼氏かと思ったわ」

うふふ、とママが笑いながら、江夏に向かって「よろしく」と会釈する。

「か、彼氏？」

ゲイであることを隠していないのか、と、思わず江夏が冬城の顔を覗き込むと、冬城と鏡花、二人してぷっと吹き出した。

「俺もここまで趣味、落ちてねえよ」

「江夏さん、ハンサムじゃないの。冬城さんは面食いだからちょうどいいんじゃないの？」

「あ、あの……」

やはり隠していないのか、と、なぜか江夏がおろおろしてしまっていた、その姿を見てまた、二人がぷっと吹き出す。

「鏡花ママは俺がゲイだと知ってる唯一の人間だ」

「唯一じゃないじゃない。江夏さんも知ってるんでしょう？」

うふふ、とまた鏡花ママが笑ったところに、ボーイがボトルと氷、それにミネラルウォーターを持ってやってきた。

「げっ」

ボトルがあまりにも高額なブランデーであることに江夏がぎょっとした声を上げる。

「お前、いつもそんな高い酒、飲んでんのか？」

「いや、これはママの好意だ」

冬城が答える前で、鏡花ママはグラスに氷のみを入れると、高級ブランデーをトクトクと注《そそ》ぎ、江夏と冬城、二人の前に置いた。

「それじゃ、開店準備があるから私はこれで。ゆっくりしていってね。あと、お腹空いてたら言ってちょうだい。お寿司でもなんでもとるから」

失礼します、と、うっとりするような華麗な笑みを浮かべ、鏡花ママが席を立つ。

「ありがと、ママ」

「バカね。お礼なんて言うもんじゃないわよ」

頭を下げた冬城の、その頭をぽんと鏡花は軽く叩くと、江夏に会釈をしミーティングの輪の中に戻っていった。

「おい、お前と彼女……」

一体どういう関係なんだ、と江夏が問いかけようとした、その声にかぶせて冬城の高い声が響く。

「乾杯！」

「え？　あ？　ああ」

早くもグラスを手にしていた冬城は、まだ置いたままになっていた江夏のグラスにそれをぶつけると、入っていた酒を一気に飲み干した。

「も、もったいねえっ」

飲みっぷりのよさに感心するより前に、値段が頭を過《よ》ぎった江夏の口から思わずその言葉が漏れる。

「いいから飲もうぜ」

冬城はそう言うと、ボトルを手にとり、自分のグラスと、まだ手もつけていない江夏のグラスにどばどばとブランデーを注《つ》ぎ足した。

「こ、零《こぼ》れるっ」

「おい、テーブル、舐《な》めんなよ？」

零れた酒に顔を近づけた江夏を見て、冬城が呆れて声をかけてくる。

「舐めたくもなるわ」

まったく、と悪態をつきながらも江夏もまたグラスを手に取り、零さぬように気をつけながら酒を啜《すす》った。その間に冬城はまたグラスの中身を一気すると、タンッと音を立ててテーブルに戻し、ブランデーをなみなみと注ぎ始める。

「ピッチ、速えんじゃねえの？」

「いつもこんなもんだよ」

江夏はつい、もったいない、という考えが働き、ゆっくり味わって飲もうとしてしまっていたが、冬城はまるで麦茶か何かのように、ごくごくとブランデーを飲み干していった。

あっと言う間にボトルが空になると、何を言うより前にボーイが新しいブランデーを持ってやってきた。

「おい、お前、この店に大きな貸しでもあるのかよ?」

高級クラブに客として来たことはないが、相場はだいたい江夏も知っていた。このクラスの店だと、座っただけで軽く一、二万が飛び、こんな高級な酒を飲めば会計は一時間もしないうちに六桁《けた》となるだろう。大学准教授の給料は知らないが、そう高額ではないはずだ、と思い、江夏は冬城に問うてみた。そうとしか考えられなかったためなのだが、冬城は、

「まあ、貸しかな」

と高く笑ったあと、不意に江夏の耳に顔を近づけ、彼を仰天させる言葉を囁《ささや》いたのだった。

「あの鏡花ママ、俺の産みの母なんだ」

「えええーっ?!?!」

店内中に響き渡るような声を上げたため、一瞬にしてホステスたちの注目が二人に集まる。

「なに?　どうしたの?!」

件《くだん》の鏡花ママが驚いて問いかけてきた、その顔を江夏はまじまじと見つめてしまった。

「なんでもねえよ。酔っぱらったんだと」

「どっちが酔ってるんだか」

ふふ、とまた鏡花ママが笑い、ミーティングへと戻っていく。言われてみれば二人の顔立ちは似ているか、と今度は冬城の顔をまじまじと見てしまっていた江夏の前で、冬城が笑い出した。

「そう見ないでくれよ」

「あ、ああ。悪い」

確かに失礼だった、と素直に詫びた江夏の肩を、冬城がバシッと殴る。

「痛えな」

「ま、気持ちはわかる。俺の姉……いや、妹だって通る見た目だからな。でも、店内では言うなよ？　ホステスたちには隠してるからな」

またも江夏に顔を近づけ、冬城がこそこそと彼の耳元に囁きかける。

「言わねえよ」

紅潮した頬《ほお》が、レンズの奥の潤んだ瞳が、やたらと綺麗に見え、江夏は空咳《からせき》をすると、離れろ、と冬城の肩を押しやった。

「なんだよ」

「なんでもねえ」

「ゲイだからって差別か？」

「違えよ」

ブランデーをストレートでぐいぐいと、それは速いピッチで飲んでいたため、冬城は早くも酔っぱらっているようだった。またも近く顔を寄せると、江夏が聞いてもいないのに、鏡花ママとの——母親との関係を小声で喋り始めた。

「鏡花ママはよ、俺を産んですぐ、男をつくって家出しちまったんだ。俺の両親の葬式にやってきて、そこで再会したんだが、俺を捨てたことを物凄く後悔しててな、今はこうして立派な店をもてるような立場になったから、自分にできる援助はなんでもしたいと申し出てきた。俺としたら、母親が出ていったあとに親父は再婚して、後妻は俺を可愛がってくれたし、何せ捨てられたのが赤ん坊のときだったからまるで記憶はねえしで、別にいいって言ったんだが、罪悪感なんだろうなあ。金を出したい、出したいと言ってきかねえんだよ。だからこうしてたまに飲みに来るんだ。高い酒をな」

「……………そうか……」

冬城は淡々と話していたが、聞く側の江夏にしてみたら、まさに『そうか』と相槌《あいづち》を打つしかない、物凄い内容だった。

「あれ、引いた？」

酔っていながらにして、敏感に気配を察した冬城が苦笑し、江夏の顔を覗き込んでくる。

「引いちゃねえよ」

「引いてもいいぜ。自分でもなんでこんなこと喋ってんのか、よくわからねえ」

冬城はそう言うと、またグラスの酒を一気に空け、ブランデーを注ぎ始めた。

「おい、飲み過ぎだろ？」

「……孝史にも話したことねえのにな」

もっとペースを落とせ、と注意をしようとした江夏だったが、冬城がぼそりと呟いた、その言葉を聞き声を失った。

孝史——おそらくもと恋人ではないか、と察した江夏の胸に、なんともいえない思いが広がっていく。

「まあ、そういうわけだから、お前もどんどん飲め」

な、と冬城が笑い、なみなみと酒を注いだグラスを掲げ「かんぱーい！」と高い声を上げる。

「乾杯」

ここは飲んでやるのが思いやりというものだろう、と江夏もまたグラスを合わせ、一気に高級ブランデーを呷《あお》った。

「ああ、もったいねえ……」

それでもつい貧乏性な彼が呟いてしまった言葉に、冬城がけらけらと笑う。そのあと二人は、会話らしい会話もしないままに、次々とグラスを空け続け、店が開店時間を迎える頃には、江夏はふらふらに、冬城は先に撃沈してテーブルに突っ伏してしまっていた。

「冬城さん、大丈夫?」

鏡花ママがやってきて、冬城の身体を揺する。

「大丈夫」

「全然大丈夫じゃないわねえ」

やれやれ、と鏡花ママが冬城の頭を小突いたあと、優しい手つきで彼の髪を撫《な》でた。

「………」

その様子を見るとはなしに見ていた江夏の頭に、実の母か、という言葉が浮かぶ。と、鏡花ママが不意に江夏へと視線を向けてきたものだから、バツの悪さから江夏はすっと視線を逸らせた。

「冬城さん、何かあったのかしらね?」

問いながらさりげなく冬城の髪を撫でていた手を引っ込めたママに、江夏は答えようがなく、「さあ」と首を傾げた。なんともいえない沈黙が流れる。

「それじゃ俺、送っていきますんで」

沈黙に耐えられなくなった江夏が立ち上がり、冬城の腕を引いて己の肩にかけた。

「大丈夫？　ゆっくりしていってくれていいのよ？」

鏡花ママが心配そうな顔をし、江夏を、彼に担がれるようにして立ち上がった冬城を見る。

「タクシーに乗せるから大丈夫だ」

「そう、それじゃ、タクシー捕まえるわね」

鏡花ママはそう言うと、「潤ちゃん、タクシー」とボーイに声をかけ、江夏の反対側から冬城を支えた。

「あー、着物、着崩れるぞ」

と、それまで寝ていた冬城が鏡花ママの肩を押しやろうとする。

「このくらいじゃ崩れないわよ」

ママはそう言うと、冬城に肩を貸し歩き始めた。

「ママ、ごめん」

「バカね。何も謝ることないじゃないの」

「ボトル、飲んじゃった」

「あらそう。また入れておくわ。今度はゆっくりしていきなさいな。お寿司でも一緒に食べましょう」

客とママ、という会話にも聞こえるが、実際は息子と母親の会話なのである。それがわかるだけに、冬城の、そしてママの一言一言が江夏の心になんともいえない響きを与えていた。

「それじゃ冬城さん、気をつけてね。江夏さん、よろしくお願いしますね」

『潤ちゃん』が呼んでくれたタクシーに冬城を乗せ、あとから江夏が乗り込むと、鏡花ママは江夏に向かい深く頭を下げて寄越した。

「ご、ごちそうさまでした」

他に何を言えばいいのかわからず、江夏もまた頭を下げ返す。ドアが閉まり、タクシーが走り始める。江夏がふと背後を振り返ると、かなり遠くなっていたというのに鏡花ママはじっとその場に立ち尽くしタクシーを見送っていた。

「ん……」

隣で寝ていた冬城が小さく呻《うめ》く。そういえば彼はなぜ、こうも酔いたがったのだろうという疑問が今更のように江夏の頭に浮かんだ。

「…………」

まったく、驚くことの連発だ、と思いつつ、江夏は冬城の、苦しげに顰められた眉を見やる。

綺麗な顔だ、と改めて思った江夏の手はそのとき、ごくごく自然に冬城の髪に伸びていた。

「……ん……」

何度か梳《す》いてやると、冬城の眉間の縦皺《たてじわ》が解け、安らかな寝息を立て始める。一体俺は何をやっているんだか、と江夏は自身の行動に首を傾げながらも、隣で眠る冬城の髪を、タクシーが彼のマンションに到着するまで梳き続けてやったのだった。

5

「おい、大丈夫か？　ついたぞ？」

月島《つきしま》にある冬城《ふゆき》のマンションにタクシーは到着したが、冬城は起きる気配がなかった。仕方なく江夏《えなつ》はタクシー代を払うと、彼を担ぐようにして車を降り、マンションの中へと向かった。

「何号室だ？」

「三〇五」

言いながら冬城が、頼む、というようにキーを渡してくる。それでオートロックを解除し、彼を背に担いだまま江夏はエレベーターへと向かった。

部屋の前に到着し、鍵《かぎ》を開けて中に入る。このまま放り出すわけにもいくまい、と江夏は、

「お邪魔します」

と、一応声をかけ、室内へと足を踏み入れた。

一旦《いったん》冬城を玄関で下ろし、靴を脱がせてから引きずるようにしてリビングへと進む。廊下に

はドアが三つあった。一人暮らしだが何部屋もあるような広いマンションに住んでいるのだな、と思いながら江夏は廊下の突き当たりにあるリビングへと冬城を連れていき、ソファに彼の身体を落とした。

「んー」

冬城が呻《うめ》き、薄く目を開く。

「それじゃな。戸締まりはちゃんとしろよ？」

言いながら江夏は、なんとなく室内を見渡した。さすが男の一人暮らしといおうか、なんとなく、ごちゃ、とした印象を受ける室内は、シンプルという言葉が相応《ふさわ》しい内装で、さっぱりした冬城の性格をよく表している。あまり整然と片付いていないところは、冬城のがさつさを表しているな、とつい笑ってしまった江夏の耳に、冬城の掠《かす》れた声が響いた。

「悪い。水、もらえるか？」

「あ？　ああ」

冬城は未だに酔いが覚めないようで、ぐったりとソファに横たわっていた。水か、と江夏は周囲を見回し、キッチンへと向かうと、冷蔵庫の中からミネラルウォーターのペットボトルを取り出しリビングへと戻った。

「飲めるか？」

キャップを外してやり、冬城の肩を揺すって起こす。

「……サンクス」

冬城がよろよろと起き上がり、江夏からペットボトルを受け取った。

「おいっ」

次の瞬間、冬城の手からペットボトルが落ちる。慌てて江夏がソファの前に膝《ひざ》をつき、床に落ちたボトルを拾い上げようとしたそのとき、いきなり冬城が江夏にかじりついてきたものだから、江夏はバランスを失い、そのままラグの上へと倒れ込んでしまった。

「おい？」

江夏は何が起こっているのか、まるで理解していなかった。床に落ちたペットボトルを拾うためにまず自分の上に乗っかる冬城の身体を退《ど》かせようとしたのだが、そんな彼の耳元に冬城の酷《ひど》く掠れた声が響いた。

「悪い。抱いてくれ」

「はあ？」

何を言ってるんだ、と、驚いたあまり、江夏の口から素っ頓狂な声が漏れる。聞き違いか、それともふざけているのか、と思った江夏の反応は至って普通ではあったが、状況は彼の思う『普通』とは真逆に展開していった。

「何言ってんだよ、おい？　大丈夫か？」

無理やり冬城を引き剝《は》がそうとした江夏だったが、冬城は江夏にしがみついて離れない。

「おい？」

しっかりしろ、と江夏が冬城の胴に腕を回し、揺さぶった。と同時に冬城は顔を上げたかと思うと、いきなり江夏の唇を唇で塞《ふさ》いできた。

「……っ」

江夏が言葉を失い、冬城を見上げる。冬城は江夏が抵抗しないのを確認したあと――実際は驚きすぎてできなかったのだが――おもむろに身体を起こし、江夏の腿《もも》の辺りに座るとベルトを外し始めた。

「お、おい？　なんの冗談だ？」

キスされたことに動揺するあまり、江夏の思考が飛んでしまっているうちに冬城は江夏のスラックスのファスナーを下ろすと、いきなり手を突っ込み、トランクスの中から江夏の雄を取り出した。

「ぎゃっ」

それだけでも驚きだというのに、それを冬城が咥《くわ》えたものだから、江夏は思わず悲鳴を上げた。身体を起こして冬城の肩を摑《つか》み、己の身体の上から退けようとしたのだが、冬城が雄を咥

えたまま ちらと江夏を見上げた、その顔を見て彼の動きは止まってしまった。

「……っ」

なんとも色っぽい表情を浮かべている、と思った途端、江夏の雄は冬城の口の中で急速に硬度を増していった。気づいた冬城がまた、ちら、と顔を上げ目を細めて微笑《ほほえ》んでみせる。

「くそ……っ」

羞恥《しゅうち》と快感、それに酔いが入り交じり、もうわけがわからない、と江夏は起こしかけた身体を床へと戻した。下肢に与えられる直接的な刺激が、急速に自分を昂《たか》めていくのがわかる。

熱いほどの冬城の口内、まるでそれ自体が生を持つかのように己の雄に絡みついてくる冬城の舌、彼が立てるちゅぱちゅぱという淫《みだ》らな音、それぞれが相乗効果を生み、あっという間に江夏の雄を勃起《ぼっき》させていった。

「……う……っ」

それ以上しゃぶられると、達してしまう、と、江夏が声を漏らす。それで伝わったのか、冬城は勃《た》ちきった江夏の雄を口から出した。

「……っ」

外気に晒《さら》され、びく、びく、と江夏の雄が細かく震える。駄目だ、出る、と思わず己の雄に江夏が手を伸ばそうとした、それを伸びてきた冬城の手が、先に摑んだ。

「……え？」

射精を堪《こら》えていたため、江夏は目を閉じてしまっていたのだが、はっとしたために瞼《まぶた》を上げた彼の視界にとんでもない光景が飛び込んできた。

「ええーっ？」

今、彼の腹の上では、いつの間に脱いだのか、下半身裸の状態で冬城が跨《また》がっていた。後ろに手を回し、江夏の雄を摑んでいる。

「な、何をしやがる？」

思わず問いかけてしまった江夏だったが、答えは既にわかっていた。それが冬城にもわかるのか、ちら、と江夏を見下ろしただけで答えることなく、彼のしようとしている行為を続行するべく、腰を浮かせた。

「う、うそだろっ」

叫びはしたが、なぜか江夏が抵抗することはなかった。パニック状態に陥っていたためもあるのだが、その場で固まってしまっていた彼の雄を冬城は摑むと片手で押し広げた自身のそこに——後孔にそれをねじ込んでいった。

「……ん……」

冬城がゆっくりと腰を落とすにつれ、江夏の雄が彼の中に呑《の》み込まれていく。熱い、という

のがまず最初に江夏が感じたことだった。続いて冬城の中の、あまりの締まりの良さに驚く。だが驚いていられたのも最初のうちだけで、ぺた、と冬城が腹の上に腰を下ろして小さく息を吐いたあと、激しく身体を上下させ始めるにあたり、あまりの快感に江夏はあっという間に我を忘れていった。

「あっ……あぁっ……あっ……」

江夏の上で冬城が高く声を上げながら、身を捩《よじ》り、腰を勢いよくぶつけてくる。いわゆる騎乗位という体位を取っている冬城は実に積極的だった。

彼が身体を動かすと、江夏の雄は狭道を出入りすることになり、摩擦熱が火傷《やけど》しそうなほどの熱さを伝えてくる。奥へ、奥へと誘う内壁の蠢《うごめ》きはすぐにも達してしまうほどに江夏を昂めており、今彼は射精を堪えるのに必死になっていた。

「あっ……はぁ……っ……あぁ……っ」

髪を振り乱し、叫ぶような声を上げながら冬城がまるで獰猛《どうもう》な獣さながら、腹の上で激しく動いている。剝き出しの下半身と、少しの乱れもない上半身の服装のギャップ、クールなイメージを与える縁なし眼鏡《めがね》、喘《あえ》ぐのに微かに開いた赤い唇、その間から覗《のぞ》く赤い舌——江夏の視覚に訴えてくるすべての像が彼の欲情を煽《あお》り立て、気づいたときには江夏の腕はしっかりと冬城の腰を摑み、自らも突き上げを始めていた。

「いい……っ……いいぜ……っ……その……調子……っ」

冬城が乱れる髪をかきあげ、にっと笑いかけてくる。その瞬間江夏の中で何かが弾《はじ》け、やにわに彼は身体を起こすと冬城を貫いたまま体位を入れ替え、彼の両脚を抱え上げていた。

「いくっ……あぁっ……いくっ……いくっ……あーっ」

欲情の赴くままに冬城を突き上げ続ける。高く喘ぐ冬城の雄もまた勃ちきり、先端からは先走りの液が滴り落ちていた。

「いこう……っ……」

じっとそれを見つめていた江夏の耳に、冬城の掠れた声が響く。顔を上げると冬城はにっと笑い、手を伸ばして己の雄を握った。

「あーっ」

そのまま冬城が自身の雄を激しく扱《しご》き上げ、達する。

「く……っ」

射精を受け、冬城の後ろが激しく収縮し、江夏の雄を締め上げた。その刺激に江夏もまた達し、声を漏らす。

「……もう一回、やろうぜ」

はあはあと息を乱しながらも、冬城が江夏を見上げて笑い、裸の脚を江夏の腰に回してぐっと引き寄せてくる。

「お、おう……」

どき、と江夏の胸が高鳴り、冬城の中で彼の雄が一気に硬さを増していった。

「……ぁっ……」

察した冬城が小さく声を漏らし、薄く笑ったかと思うと、更に強い力で江夏の腰を引き寄せる。その様子に江夏の欲情はまた煽られ、己の背に回る冬城の両脚を解かせて抱え直すと、そのまま次なる行為へと没頭していってしまった。

そして——。

「ん……」

頭が重い、そしてなんだか寒い、と江夏は薄く目を開き、一瞬自分がどこにいるのかわからず、動揺しながら覚醒《かくせい》した。

「あ」

自分が寝ていたのが見覚えのない部屋のベッドの上、しかも下着一枚つけてない全裸であることに、更に江夏の動揺が増し、記憶を辿《たど》ろうとしていたところに、カチャ、という音と共にドアが開き、冬城が顔を覗かせた。

「あーっ」

彼の顔を見た途端、すべての記憶が怒濤《どとう》のように蘇《よみがえ》り、思わずその顔を指さしながら江夏が絶叫する。と、冬城はつかつかと江夏の寝るベッドへと近づいてきたかと思うと、いきなり床に正座し、彼に向かって深く頭を下げてきた——土下座である。

「本当に申し訳なかった！　どうかしていた!!　無理だと思うが、昨日のことは忘れてくれっ!!」

「忘れろって、忘れられるわけ、ねえだろが！」

何を勝手なことを、という憤り——というよりは、戸惑いが勝り、江夏が冬城を怒鳴り返す。と、冬城はすっと顔を上げたかと思うと、

「まあ、そうだよな」

バツの悪そうな顔をして笑い、頭を掻いた。

「あのなあ」

今、冬城はいつもの彼らしく、きっちりとスーツを着込んでいた。それに反し自分は裸である。別に見られて恥ずかしいものでもないが、と思いつつも上掛けで下半身を覆うと、江夏は

改めて冬城をまじまじと見た。

『あっ……あぁっ……いくっ……いくっ……あーっ』

途端に昨夜の姿態が江夏の脳裏に蘇ってしまい、いかんいかん、と激しく首を横に振ってその像を追い出そうとする。

「気分でも悪いのか？　水、持ってこようか？」

冬城が心配そうに問いかけてきたのに、江夏の中に、どうしてこいつはこうも落ち着いていられるのだ、と不意に苛立《いらだ》ちが込み上げてきて、思わず彼は冬城を怒鳴りつけていた。

「うるせえっ！」

「……やっぱり、怒るわな……」

途端に冬城がしゅんとし、はあ、と大きく溜《た》め息《いき》をつく。

「男に襲われたんだもんな。気持ちはわかる。だができれば犬に嚙《か》まれたようなものだと思って……」

「犬に嚙まれたって……」

そこで思わず江夏が突っ込んでしまったのは、犯された女性への常套句《じょうとうく》を自分が言われているという違和感ゆえだった。

よく考えてみれば、自分は突っ込んだ側、いわば『嚙んだ』側だ、とも気づく。

「とにかく、本当に申し訳なかった。許せとは言えないが、できれば許してもらいたい」

呟《つぶや》いたまま黙り込んだ江夏の前で、冬城がそれは男らしくもきっぱりした口調でそう言い、再び深く頭を下げてくる。

「…………」

そのまま頭を上げようとしない冬城を眺める江夏の胸中はなかなかに複雑だった。

許す、許さないの問題ではない気が江夏はしていた。いきなり乗っかられはしたが、それを怒っているのか、と己の胸に問いかけ、別に怒りは覚えていない自分に気づく。

江夏も酒は好きで、酒の上での失敗も数多くあるものの、酔った勢いで女と寝た、という経験は今までしたことがなかった。男も勿論《もちろん》である。

なのに昨夜に限ってはそれこそ『酔った勢い』で冬城を抱いてしまった。最初は冬城に無理矢理『突っ込まされた』状態ではあったが、その後は自ら何度も彼を突き上げた記憶がまざまざと蘇ってくる。

どう考えても自分は一方的な被害者ではない。それなのにこうも詫《わ》びられるわけにはいかない——違和感ばかりで少しも思考はまとまらなかったものの、とりあえずは冬城に顔を上げさせねば、と江夏はようやく口を開いた。

「まあ、なんていうのか、許すとか許さねえとか、そういうんじゃなくてよ、ただ驚いてるだけなんで、ひとまず頭を上げてくれ」

「本当に申し訳なかった」

江夏の言葉を聞き、冬城は再度深く頭を下げたあと、ゆっくりと顔を上げじっと江夏を見つめてきた。

「…………」

綺麗《きれい》な顔だ——思わず見惚《みと》れてしまいそうになっていた江夏の脳裏にまた、昨夜の乱れに乱れていた冬城の妖艶《ようえん》すぎる表情が蘇ってくる。それを気力で頭の隅に押しやると、江夏はまずは事情を聞こう、と身を乗り出し、冬城に向かい問いかけた。

「膝、崩してくれていいからよ、ひとまず事情を教えてくれや。なんで昨日、俺を飲みに誘ったのか。飲まなきゃいられねえことでもあったのか？」

「…………」

その言葉を聞いた冬城が、一瞬、酷く困った、という表情になり、ゆっくりと江夏から視線を逸《そ》らせる。そのまま彼はじっと床を見つめていたが、やがて決心がついたのか、小さく息を吐き、立ち上がった。

「座っていいか？」

「お？　ああ」

江夏に許可を得、彼のいるベッドの縁に腰掛けると、冬城は江夏には背を向けたまま、ぽつり、と小さく呟いた。

「……怖くなった」

「え？」

あまりに小さな声だったため、江夏は聞き違いをしたのかと思い、身を乗り出して冬城の顔を覗き込もうとした。ギシ、とベッドが軋《きし》んだことでそれを察したらしい冬城は、肩越しに江夏を振り返り、同じ言葉を繰り返した。

「怖くなった。三年前、自分は果たして正しい鑑定をしたのだろうかと」

「……どういうことだ？」

三年前というと、近江《おうみ》の妹の解剖のことだろうというところまでは江夏も察したが、なぜ今更冬城がそんなことを考え始めたのかがわからない、と問い返す。冬城はまたゆるゆると前を向くと、項垂《うなだ》れたまま、ぽつぽつ話を始めた。

「……昨日、気になって高橋《たかはし》さんの遺体を確認したんだ。そこで初めて、首の索痕《さくこん》が微《かす》かだが二重になっていることに気づいた。勿論それは、二度にわたり自ら自分で体重をかけた結果かもしれない。が、誰かが首を絞め、自殺にみせかけて殺したという解釈も成り立つ。解剖の際、俺はそれを見落としていた。そのことに気づいた途端、不安でたまらなくなった。三年前の自殺体、あの首の索痕は二重ではなかったのか？　状況がすべて自殺を指しているからという先入観が、俺の目を曇らせてはいなかったか。それを思うともう、怖くて怖くてたまらなくなった。三年前、俺は本当に正しい鑑定をしたんだろうかと……」

そこまで冬城は一気に喋《しゃべ》ると、ああ、と声を漏らし、両手に顔を埋めてしまった。

「………」

彼の華奢《きゃしゃ》な肩が細かく震えている。痛々しいとしかいいようのないその様に、江夏はなんと言葉をかければいいのかわからず、ただ無言で冬城が再び口を開くのを待っていた。

「怖い、なんて言ってられないことは、自分でもよくわかってる。甘えだということはな……」

冬城は暫《しばら》くそのまま動かずにいたが、やがて気持ちの整理がついたのか、はあ、と大きく息を漏らし、顔を上げてそう言うと、肩越しに江夏を振り返り笑ってみせた。

「……甘え……」

少し違う気がする、と江夏が彼の言葉を鸚鵡《おうむ》返《がえ》しにし、首を傾《かし》げる。冬城は江夏のほうに身体を向けると、苦笑としかいいようのない笑みを浮かべつつ、また、ぽつぽつ言葉をつないでいった。

「よく、医者仲間に言われるんだよ。死体を相手にするのは気楽でいいねえってさ。生きている人間だと、処置を誤ったら生命の危機に通じかねない。そこいくと最初から死んだ人間を相手にしてるのは、気楽でいいだろっていうんだが、俺にしてみりゃ、生きてる人間も死んでる人間も一緒だ。生きてる人間は自分でここが痛い、ここが悪い、と喋ることができるが、死んでる人間は何も語れない。彼らの声を正しく聞いてやることが俺の仕事であり、彼らの人権を守るためにも決して誤っちゃいけない、そう思いながら俺も日々、遺体と向かい合ってる」

冬城はそこで言葉を途切れさせ、また、はあ、と大きく息を吐くと、髪をかきあげ笑ってみせた。

「いつも不安で胸が押し潰《つぶ》されそうなんだ。俺は正確に死者の最後の声を聞いてやれたのだろうか、聞き違えたりはしていないだろうかと。どちらと判断がつかないと眠れなくなるときもある。だが、そうも気にしていても、見逃してしまうことがある。高橋さんの首の索痕が二重になっていたことがそうだ。同じ見逃しを三年前にしなかったという自信はない。だから俺は……」

「いや、お前は見逃してなんかねえ」

冬城はおそらく、江夏に向かい語りかけていたわけではなく、己の胸に溢《あふ》れる思いを——滾《たぎ》る不安を口にしていたに過ぎなかったようで、江夏が言葉を挟むと、驚いた顔になった。

「え？」

「もしも三年前にも索痕が二重になっていたとしたら、お前は気づいたはずだ。今回気づいたのと同様にな」

啞然《あぜん》とする冬城に江夏が、一言一言、まるで幼子に言ってきかせるかのようなゆっくりした口調でそう言い、頷いてみせる。

「……でも……」

冬城はここで何か言おうとしたが、江夏はそれを許さなかった。

「『でも』じゃない。今回気づいたモンを、なぜ三年前に気づかなかったと思うんだ？　そのほうがよっぽど不自然だろう。冷静になってみろ。俺の言うこととお前の言うこと、どっちがより信憑性《しんぴょう》がある？　俺だろうがよ」

「…………………………」

言いながら江夏は、なぜに自分がこうも熱くなっているのか、と自身に疑問を覚えていた。

実際、信憑性でいうと、自分の意見が圧倒的に勝っているという自信は、実は江夏にもなかった。ミスは誰でもするものであり、三年前、冬城がミスをしなかったという保証はどこにもない。

それでも江夏は冬城に『ミスはなかった』と言ってやりたかった。冬城の仕事に対する姿勢を聞いてしまっては、自分の役割はそこにあるとしか思えなくなってしまったのだった。

江夏もまた、常日頃から冬城と同じことを考えていた。容疑者を逮捕する際、もしも冤罪《えんざい》であった場合には、とりかえしのつかない事態となる。

江夏にとってのそれは、警察の威信云々《うんぬん》ではなく、逮捕される側にとって、という意味だった。罪もない人間が冤罪により、社会的信用を失墜させるようなことになってはならない。誤認逮捕などあってはならないのだという気持ちを胸に、江夏もまた捜査に当たっていた。

日々ぎりぎりの精神状態で業務に当たっているという冬城に対し、江夏はシンパシーを覚えた。彼を救えるのはその思いに同調できる自分しかいないと思った。それゆえ江夏は敢《あ》えて『お前はミスなど犯していない』と断言したのだが、その思いはすべて、冬城に正しく伝わったようだった。

「……俺は……」

冬城がぼそり、と呟きかけ、そのまま両手に顔を埋める。

「お前は、見逃しなんてしてねえ」

江夏はそう言い、震える冬城の肩を、ばしばしと何度も叩いた。

「……俺は……」

うう、と声を殺して泣きながら、冬城が呟く。

「ああ、間違ってねえ。大丈夫だ」

安心しやがれ、と江夏は彼の涙が収まるまで、ばしばしと肩を、背を、叩き続けてやったのだった。


「恥ずかしいところを見せたな」

十分以上、冬城は肩を震わせ泣いていたが、やがて顔を上げると、照れた表情を浮かべつつ、江夏を振り返った。

「別に。恥ずかしいっつったら、昨夜のほうが恥ずかしいだろうよ」

冬城の少し紅潮した頰《ほお》に、涙の名残《なごり》を認めた江夏は、やたらとどきりとしてしまう己の胸を押し隠しつつ、悪態をつき、肩を竦《すく》めてみせた。

「ま、そうかな」

冬城がますます照れた顔になりそう笑ったあとに、江夏に問いかけてくる。

「シャワー、浴びんだろ?」

「ああ」

「コッチだ」

冬城がベッドから立ち上がり、部屋を出ようとする。裸のまま彼のあとを追うのは何かと自分の下着を探して周囲を見渡していた江夏を冬城は振り返ると、いたってなんでもないことを言うかのような口調でこう告げた。

「お前の下着とシャツ、洗濯しといたから。スーツも一応プレスした。ま、詫びの代わりとでも思ってくれ」

「あ、ああ……」

『詫び』――何に対するとは冬城は言わなかったが、それが昨夜の行為のことを指していることは、江夏にもよくわかった。

詫びるようなことじゃないのだが、と言いたくはあったが、それを口にするのはどうにもはばかられ、江夏はただ頷くと、フルチンの気恥ずかしさを堪えつつ冬城のあとに続いてバスルームへと向かった。

シャワーを浴び終え、リビングに向かうと、冬城は二人分の朝食を用意していた。

トーストに卵にサラダ、という食卓を見て江夏は幾許《いくばく》かの違和感を覚え、冬城を見た。

「マメだな」

「いや、俺も一人のときは朝、抜くんだけどよ」

面倒だから、と肩を竦める冬城を見て、それでこそ彼だよな、と納得していた江夏の頭に、ある考えが浮かぶ。

「あ」

「……さ、食おうぜ」

江夏が思いついたのは『一人のときには』ということは、恋人が泊まった翌朝には、冬城はこうして朝食の支度をしたということなんだろう、ということだった。

恋人というのは例の、駐車場で彼にナイフで斬《き》りかかってきたあの男か、とそこまで考えていた江夏の心を読んだのか、冬城はそれ以上何も喋らせないようにという様子で江夏を無理矢理テーブルにつかせると、

「コーヒー淹《い》れてくる」

と自分はキッチンへと消えた。

「………」

朝食の皿は同じものが二セット使われていた。ペアか、と思う江夏の口から、思わず溜め息が漏れる。

江夏にとっての冬城は、口は悪いし態度はでかい、という印象しかなかった。こんな健気《けなげ》な面もあったのか、となんともいえない思いを抱きつつ、江夏はトーストを頬張り、目玉焼きにフォークを突き刺した。

「パン、足りなかったら焼くぜ？」

コーヒーを手に戻ってきた冬城が、江夏に気を遣うことを言い、顔を覗き込んでくる。

「いや、朝は普段食わねえから、これでいい」

「意外に小食じゃねえか。もっとがつがつ食うタイプかと思ったぜ」

「勝手に判断すんなよな。こちとらお品がいいのよ」

「何がお品だよ。バカじゃねえの？」

あはは、と冬城が笑い、手を伸ばして江夏の肩を小突く。漫才さながらの言い合いをしながらも、江夏はやたらと冬城の笑顔が眩《まぶ》しく見えると思っていた。

一体どうしたわけだ——まさか寝たからってわけじゃあるまいな、と自身の胸に問いかけ、そんな自分に気づいて、あほか、と慌ててその考えを退ける。

あれはもう、犬に嚙まれたようなものだ。本人も忘れてほしいと言っているのだし、忘れよう、と、江夏は軽く頭を振ると、

「バカだとぉ？　まったく失礼な野郎だぜ」

と、悪態をつき返し、相変わらず眩しく見える冬城の顔を睨《にら》み付けたのだった。

6

冬城と江夏は共に冬城のマンションを出、冬城は大学に、江夏は捜査一課へと向かった。朝食の席上、冬城と江夏は近江について話し合い、『怪しい』としかいいようがないという結論に達した。

「俺はまずあいつのアリバイを崩すわ」

友人と飲んでいたという証言の裏は既に取れていたのだが、詳細を突っ込んでみる、と江夏は冬城に頷いた。

「……おう」

冬城もまた頷き返したのだが、江夏を見て、なんともいえない顔をし笑い始めた。

「なんだよ」

「いやあ、シャツやスーツをプレスしただけで、だいぶ男前が上がったような気がしてよ」

髭《ひげ》も剃ってるしな、と冬城が江夏の肩の辺りを小突く。

「うるせえ」

「いつもそんくらい、バシッとしてたらもっとモテるぜ」

「うるせえっつーんだよ」

別れ際まで冬城は江夏をからかい倒したのだが、それは自身の言葉どおり冬城の目に今日の江夏がやたらと格好よく映っていたためだった。

一体どうしたことか。まさか寝たからではないだろう――わけのわからない自分の心理から目を逸らせる、それが江夏をからかうという行動に出てしまっていた。

「また連絡するわ」

「おう」

駅で別れたあと、冬城はいつまでも江夏の後ろ姿を見送っていた自分に気づき、バカじゃねえの、と独りごちると、それより事件のことを考えねば、と敢えて思考を切り替えた。

江夏と語り合った事件の経過は次のようなものだった。

まず、高橋は自殺ではなく、近江に殺されたのではないか、というのが二人の一致した見解だった。動機についてはこれからとなるが、殺害方法は冬城にはおおかた見当がついていた。

三年前の妹の自殺と同じ状況を作り上げて殺害する、というのが近江の狙《ねら》いであろう。そのためには高橋を監禁し、食物を何も与えず胃の中を空っぽにする。

薬物反応は出ていなかったから、おそらく緊縛したと思われるが、両脚を縛ったのはそのためかもしれない、と冬城は判断した。

手首なども縛っていただろうが、そちらは痕《あと》が残らないような措置を——たとえばタオルのようなもので巻いた上から手錠をかける、などの——したのではないか、その痕跡を探すことはできないかと考え、みたび冬城は遺体と向き合おうとしていた。

しかし、なぜだ——?

だいたいの殺害方法は推察できたが、なぜ妹が亡くなってから三年も経った今になって近江がそんな行動に出たのか、その理由は冬城にはまるで想像がつかなかった。

妹の婚約者でもあり、自分の友人でもあった高橋を殺したことしかり、自分宛《あ》てに脅迫状を書いてきたことしかり——何かきっかけがあったのだろうか、と冬城は首を傾げたのだが、答えはその日の夜、法医学教室にもたらされた。

「おう、邪魔するぜ」

午後八時を回ったころ、江夏が冬城のもとを訪れたのである。

「あれ、江夏さん、今日はやけにこざっぱりしてますね」

教室内には冬城をブリーダーと慕う大型犬、石田《いしだ》がおり、江夏の姿を見かけると驚いたように声をかけてきた。

「シャツにもスーツにもアイロンかかってるし。あー、怪しいな。彼女の家から出勤ですか？」

「………」

「………」

石田の突っ込みに、『彼女』ではなく『彼』だ、という心当たりがこれでもかというほどにあった江夏と冬城、二人して顔を見合わせてしまったあと、それぞれ咳払《せきばら》いをしながら目を逸らせる。

「あの？」

この沈黙はなんだ、と石田が問いを重ねようとした、その声にかぶせ、これ以上追及されてなるものかという考えを抱いていた冬城が口を開いた。

「どうした？　何かわかったのか？」

「それが余計わからなくなっちまった」

「え？」

江夏がばりばりと頭を掻き、冬城に向かい「吸っていいか？」と煙草《たばこ》を取り出しながら問いかける。

「ああ」

まあ、座れ、と冬城は江夏を部屋の隅にある簡易式の応接セットまで連れていくと、ついてきた石田を「悪いがコーヒー淹れてくれ」と追いやり、江夏に灰皿を勧めながら問いかけた。

「何がわからねえって？」

「動機よ。なんとあの近江、この間結婚することが決まったばかりだそうだ。三ヶ月後に挙式らしい」

「結婚？」

なんだそれは、と冬城が目を見開いたところに石田がコーヒーを持ってやってきて、そのまま居座ろうとする。まあいいか、と冬城は石田にも座るよう促し、江夏への問いかけを続けた。

「相手は？」

「それが、大学時代から付き合っている同級生だそうだ。かれこれ十年の仲らしい」

「このタイミングで結婚って、もしかしてデキちゃったとかですかね？」

横から石田が、興味津々《しんしん》、といった顔で口を挟んでくる。

「おい」

黙ってろ、と冬城が石田を睨み、石田が、くうん、と項垂れる。が、江夏はかまわねえ、と石田に笑いかけると、彼の問いに答えを返した。

「いや、デキちゃったではないそうだ。実は三年前に一度結婚の話が出たんだが、妹さんが亡くなった件で近江が荒れて、そこで一旦別れたそうだ。その後付き合いが復活し、今度めでたく結婚と相成った、という話だった」

「……結婚するような野郎が、人殺しなんかするかね？」

冬城の言葉に、江夏が大きく頷く。

「そこだ。俺も違和感持った」

「だが、昨日の奴の態度はやたらと挑発的だった」

「ああ、お前さんへの脅迫状も、あいつで間違いないと思う」

「え？　あの脅迫状出した犯人、わかったんですか？」

と、ここでまた石田が話に割り込んできたのに、冬城は、

「うるせえって」

と彼を怒鳴り、

「しっしっ」

と持ち場に戻るよう、命令した。

「冬城さあん」

「で、アリバイはどうだったんだよ？」

泣きそうな声を上げながらも、冬城の命令は絶対ゆえ、石田が振り返り振り返り退場する。

冬城はそんな彼を完全に無視し、江夏に問いを重ねた。

「これがまた、崩れたんだな。近江に頼まれて偽証したとすぐ白状した。わざとらしいくらいに簡単だったぜ」

「……となると、やはり近江は高橋を殺したんだろうか？」

冬城が腕組みをして唸《うな》り、江夏もまた唸る。

「……わからねえ。第一、動機もねえんだよ。近江と高橋は幼馴染《おさななじ》みで、二人の間にトラブルはねえ。近江の友人に聞くと誰もが彼の親友は高橋だと言いやがる。最近揉《も》めていたという話もねえ。揉めてたどころか、結婚式では友人代表でスピーチを頼んでいたそうだ」

「……わけがわからねえな」

うーん、とまたも冬城が唸り、江夏もまた同時に唸る。

昨日近江に会った途端、彼が犯人であると冬城は確信した。それは己の勘が働いたというよりは、近江自身がこれでもかというほど犯行をアピールしていたためだった。

他殺と見せかけて、高橋は実は自殺だったというのだろうか。しかし高橋に自殺をするような動機があるのか。それを聞こうと口を開きかけた冬城の心を読んだかのように、江夏が首を横に振った。

「高橋が最近悩んでいたなんて話は近江から以外、少しも出て来ねえ。三年前に婚約者を亡くしてからは付き合っていた女性はいなかったらしいが、仕事は順調だし、友人知人全員が一つも心当たりはねえと言っている。遺書もねえしな」

「……となると……？」

「わけがわからねえんだよ」

結局いきつく結論は『わけがわからない』で、冬城と江夏、二人して顔を見合わせ、うーん、と唸った。

自殺の動機も他殺の動機も見つからない。となると、一体どういうことになるのか――いくら考えても、答えらしい答えは見つからない。何か切り口を変えるか、と冬城はふと頭に浮かんだ疑問を江夏に投げかけた。

「そういや三年前の近江の妹さん、彼女の自殺の原因ははっきりしてるのか？」

「いや、マリッジブルーだったんじゃないかという話が周囲から出ただけで、遺書などはなかった。ただ、彼女の場合は自殺であることを友人知人は納得していた。婚約者の高橋もな」

「だが、兄貴だけは納得していなかった」

「そのとおり」

頷いた江夏の前で、冬城が考え考え口を開いた。

「婚約者も自殺と納得していた、だが兄は納得していなかった――その後、高橋と近江の間が揉めたという話はあったんだろうか。たとえば、妹の自殺の原因は婚約者の高橋にあったと近江は思っていたとか？」

「それはないようだ。さっきも言ったが、妹の死後、近江は酷く荒れたそうでな、それを献身的に支えてやっていたのが高橋だったという話だ。近江も感謝していると常日頃から言っていたらしい」

「………」

話を聞けば聞くほど、近江が高橋を殺す動機が見えなくなってくる、と、冬城は大きく溜め息をつくと額に落ちる前髪を右手でかきあげた。

「やはり、自殺か？」

髪をかき上げたまま、冬城がそう言い江夏を見る。

「おい？」

そのとき江夏はぼうっと冬城の顔を見つめていた。冬城に声をかけられ、はっとした表情になった彼の頬に血が上っていく。

「何ぼんやりしてんだよ」

「なんでもねえ」

やたらと赤い顔をし、江夏はそう言い捨てると、やにわに席を立った。

「ともかく、俺は動機を調べる。捜査本部でも近江のアリバイ工作がわかった以上、彼を任意で呼ぶことになるだろう。お前さんの見立てでも、高橋は自殺じゃねえんだろ？」

「…………」

問いかけられ、冬城はまた前髪をかきあげ考えた。遺体が——高橋が自分に、なんと語りかけてきたかを思い起こす。

自殺体として運ばれてきた彼だが、やたらと違和感を醸し出していた。あれは死体が『違う』と叫んでいたのだろうと冬城はそう判断し、江夏を見上げ頷いてみせた。

「……ああ、自殺じゃねえ」

「だから俺は動機を探す。それじゃな」

そう言い、江夏が颯爽《さっそう》と部屋を出ていく。その後ろ姿を目で追う冬城の耳に、今聞いたばかりの江夏の声が蘇っていた。

『だから俺は動機を探す』

だから——自分の鑑定を信じ、それをもとに動くと彼は言ってくれたのか。

いつしか自分が笑みを浮かべていることに冬城は気づき、一人空咳をすると、すっかり冷めてしまったコーヒーを飲み干し立ち上がった。

「石田、死体検案書、出してくれ。三年前の近江淳子《じゅんこ》さんとこの間の高橋優《まさる》さん」

る。

「はい！　ここにあります！」

席に戻りながら石田に指示を出すと、心得てますとばかりに彼がファイルを持って駆けてくる。

忠犬なみの働きをする彼に「サンクス」と笑顔を向けると冬城はファイルを受け取り、二つの事件を比べ始めた。

やはりあまりにも酷似している。これは見た者じゃないと模倣できないに違いないというレベルの似方としか冬城には思えなかった。

『見た』状態ではわからない部分の酷似は、自分が近江に話したものだという記憶が冬城にはあった。近江からの問い合わせに冬城は、解剖の詳細を語った。化粧、胃の中や膀胱《ぼうこう》が空っぽであったこと――それを近江は記憶しており、同じような状況を生み出した。

ただ一つの相違点は、首の索痕が二重であったことだ――三年前の近江淳子の首に巻かれていたのはスカーフを自身できつくねじ上げたものだった。今回、高橋の首を絞めたのは彼のネクタイだ。

写真を眺めていた冬城は、ふたつのブランドが同じであることにロゴで気づき、あ、と小さく声を漏らした。偶然か、はたまた必然か。こんなところにも相似点があったとは、と唇を噛む冬城の脳裏に、にやにやと笑う近江の顔が蘇る。

『ですから、高橋のあの死に様は、自殺と断定されてしかるべきものなんですよね？　と申し上げたんですよ。三年前、僕の妹があれとまったく同じ状況で亡くなりましてね。とても自殺とは思えないと何度も警察に足を運んだのですが、答えはいつも一緒でした。解剖の結果自殺と判断されたのです。自殺に間違いありませんと』

やはりあれは他殺だ――死体はそう訴えかけていた、と冬城は確信を深め、大きく頷くと、バシッと音を立ててファイルを閉じ、立ち上がった。

「冬城さん、どこ行くんです？」

部屋を出ていく冬城の背に石田が声をかけてくる。

「遺体安置所！」

こうなったら意地でも、他殺の証明をしてやる、という強い意志のもと、冬城はそう叫ぶと、「待ってください！」とあとを追ってきた石田と共に亡くなった高橋の『最後の声』を聞くべく遺体安置所に向かったのだった。

翌日、冬城の許《もと》に新宿署より電話があった。かけてきたのは古参の刑事であり、任意で呼んだ近江が、冬城の同席を求めているので来てもらえないか、と言うのである。

「はい？」

今までそういった事態に遭遇したことのなかった冬城は戸惑いの声を上げたのだが、年配の刑事もまた、戸惑っている様子だった。

『申し訳ないんですがね、近江が、冬城先生、あなたがいらっしゃらない限り、一言も喋らないと頑張ってるんですわ』

「……私、ですか？」

どうして、という気持ちが声に表れたのが通じたのか、刑事もまた困惑しつつも低姿勢で冬城に来訪を促してきた。

『そう、なぜだか冬城先生をご指名なんです。お忙しいとは思うんですがちょっといらしてはもらえませんかね』

「……はあ……」

わかりました、と冬城は電話を切ったあと、江夏の携帯に電話をかけた。が、取り込んでいるのか、はたまた地下鉄にでも乗っているのか、留守番電話センターに繋《つな》がったので、これから新宿署に行く旨伝言を残し、電話を切った。

「冬城さん、行かれるんですか？」

傍《そば》で聞き耳を立てていた石田が駆け寄ってくる。

「ああ、ご指名だからな」

「僕も行きます!!　冬城さんのボディガードとして！」

「いらねえよ」

張り切り大声を上げた石田の額をペシッと叩くと、「冬城さあん！」と情けない声を上げた彼に「あとは任せた」と言い置き、二つの事件のファイルを手に部屋をあとにした。

愛車、ロードスターで新宿署へと向かいながら、なぜ近江は自分を呼び出したのだろう、と冬城は首を捻《ひね》った。

自分が同席しなければ何も喋らない、ということはすなわち、やはり彼は罪を犯しており、それを告白する、という意味であるとは思うのだが、そこに自分を同席させる理由は一体、と考える冬城の頭に閃《ひらめ》くものがあった。

脅迫状だ——ちらと見たきりで、文面など詳しく覚えていなかったが、あの脅迫状の差出人はおそらく近江に間違いない。

確かあれは冬城が過去に犯した罪を糾弾するという内容で、その罪を全世界に向け謝罪しろ、というようなことが書かれてあった。その『謝罪』を近江は今、自分にさせようとしているのではないだろうか。

「……………」

そういうことか、と、ちょうど信号待ちで車を停めた冬城は、バシッとハンドルを叩いた。近江は今回の事件を三年前の事件に酷似させ、すぐに『他殺』とわかるような工作を敢えて為《な》した。警察がそこに食いつき、取り調べに呼ばれる。そこで彼は三年前の妹の事件もまた他殺であったと、冬城に認めさせようとしているのだ。

もしや今回の高橋殺害の動機は、三年前の冬城の鑑定が誤っていたと世間に知らしめることだったのか、という考えが冬城の頭に浮かんだ。

まさか——いつしか顔面蒼白《そうはく》になっていた冬城は、クラクションの音にはっと我に返った。前を見ると既に信号は青になっている。慌てて車を発進させはしたが、ハンドルを握る彼の手は今、ぶるぶると細かく震えていた。

そんな馬鹿なことがあるわけない。確かに近江は三年前の冬城の鑑定に納得はしていなかった。だがあれから三年もの歳月が経っている上に、彼は今度結婚をしようとしている時期である。なぜ今になり『糾弾』を思いついたのだ、と、冬城は頭に浮かんだ近江の『動機』を否定しようとしたが、それでも否定しきれない何かを感じていた。

新宿署に到着し、捜査本部へと向かうと冬城はすぐに会議室へと通されることになった。

「取り調べという形は取っていません。何せ証拠が何もない上に、動機もはっきりしませんので。ただ、アリバイ工作をした裏は取れていますので、そこを突っ込んだところ、冬城先生を呼べの一点張りでして。こちらもなぜ先生を呼ぶ必要があるのかと再三尋ねたのですが、ずっと黙秘を続けられてお手上げとなり、それで先生をお呼びした次第です」

「……そうですか……」

冬城に連絡を入れてきた沢田《さわだ》という名の年輩の刑事は、冬城を呼びつけたことをしきりに恐縮しつつも、探るような目を彼へと向けてきた。

「先生側で何かお心当たりはありますか？　例の脅迫状の関係でしょうか？」

「わかりません。とりあえず、本人に聞いてみましょう」

あれこれ推察するより聞くが早いと冬城は足を速めたが、彼の顔色は悪かった。

心当たりはある。が、心に疚《やま》しいところはない。

自身の胸にそう言い聞かせ、冬城は、よし、と頷くと、慌てて足を速め冬城の前に立った沢田のあとに続き廊下を進んでいった。

「こちらです」

沢田が冬城に声をかけたあと、ドアをノックし『第一会議室』という札が下がっている部屋へと足を踏み入れた。冬城も彼に続き室内に入る。

「…………」

冬城はてっきり室内には、江夏もいるものだと思い込んでいた。が、ロの字型に机が並んだ広い会議室の中にいたのは、冬城を見てにやにやと笑い始めた近江と、確か石田の友人でもある三木《みき》という若い刑事のみで、三木は沢田と冬城の姿を見てあからさまにほっとした顔になると、立ち上がり二人に近づいてきた。

「本当に一言も喋らなかったんです。冬城先生、どうぞよろしくお願いします」

「よろしくじゃないだろう」

冬城が口を開くより前に、沢田が三木を睨み付け、冬城に向かい、

「すみませんね」

と頭を下げる。

「事情聴取は我々がやりますんで、先生はどうかこちらにお座りになっていてください」

沢田がそう言い、冬城を近江から少し離れた椅子《いす》へと座らせようとする。と、そのとき近江の笑いを含んだ声が響いた。

「やあ、やっぱりあなたが冬城先生だったんですね。一昨日私のところにいらしたときには刑事と名乗ってらっしゃいましたが」

「え？」

「なんですと？」

三木と沢田、二人して戸惑いの声を上げ、冬城と近江を代わる代わるに見やる。江夏は自分を連れていったことを報告していなかったのか、まあ、したくてもできなかったのだろうが、と冬城は内心肩を竦めると、二人の刑事に向かい、なんでもないというように首を横に振り視線を近江へと向け口を開いた。

「私はあなたを今まで何度もお見かけしたことがありますがね、近江さん」

「嬉しいな、気づいてくれていたんですか、冬城先生」

にこにこ笑いながら近江が立ち上がり、冬城へと近づいてくる。

「ちょ、ちょっとあんた……」

わけがわからない様子ながらも、慌てて沢田が近江を止めようとする。

「大丈夫です」

冬城は逆に沢田を制止すると歩み寄ってきた近江に向かい「どうぞ」と椅子を示し、自分も腰掛けた。

パイプ椅子を引き近江はそれに腰を下ろすと、高く足を組み、ふんぞり返るような姿勢になった。

「私を認識していたのは、やはり罪悪感からですか？」

「いいや。ストーカーかと思っていただけです」

冬城もまた足を組み——ふんぞり返りはしなかったが——淡々と近江に答える。

「なるほど。先生くらい美人だと、ストーカー被害は日常茶飯事というわけですか」

ははは、と近江が笑い、ねえ、というように沢田と三木を見やる。二人の刑事はどうリアクションをとったらいいのかわからないようで、顔を見合わせたあと冬城に問いかけてきた。

「先生、近江さんとはご面識があったということですか？」

「いや、そういうわけではなく……」

説明をしようとした冬城の声にかぶせ、甲高い近江の声が響く。

「僕と冬城先生の関係ですか？　ええ、申し上げますよ。冬城先生は三年前、僕の妹の解剖をしてくださったんです。そして自殺だという誤った判断を下した。かわいそうに、僕の妹は他殺だったのにこの先生のせいで捜査もされず、犯人も検挙できずに終わったんだ。ねえ？　先生、そうでしたよね？　なんとか言ったらどうですか!!」

「な……っ」

近江は喋り始めた当初はへらへら笑っていたが、やがて自分の言葉に興奮してきたのか声高になり、最後には立ち上がって傍らの机をバシッと叩いた。

「ちょ、ちょっと、近江さん」

「落ち着いてください」

沢田と三木、二人が慌てて近江を押さえ付けようとする。二人の手を振り払い、近江は尚《なお》も机を叩きながら、あまりの彼の剣幕に思わず椅子から立ち上がってしまっていた冬城を糾弾し始めた。

「妹が自殺するわけないと俺はあれだけ言ったのに、あんたは取り合ってもくれなかった。あんた、本当によく調べたのか？　状況だけで自殺と判断したんじゃないのか？　胃の中が空っぽで、脚が開かないようにしっかり縛ってあって、その上失禁で汚さないようにレジャーシートを敷いた、その上で首を括《くく》っていたからってだけで、よく調べもせず自殺って判断したんだろう？」

血走った目をした近江が、冬城に手を伸ばし胸倉を摑む。

「やめなさい！」

沢田が、三木が慌ててその手を摑もうとしたが、近江は彼らに見向きもせず冬城を睨み付け、彼を怒鳴りつけた。

「どうなんだよ、先生！　妹は本当に自殺だったと言い切れるのか？　それじゃあ高橋はどうなんだ？　あれは自殺か？　あんた、最初に高橋の遺体を見たとき、自殺だと思ったんじゃないのか？　俺の妹のときと同じく、状況だけでさ！」

「近江さん、やめなさい！」

「はなれなさい！」

沢田と三木、二人して近江を後ろから抱えるようにして冬城から離す。その間も近江は冬城を燃えるような目で睨みながら、唾《つば》を飛ばし怒鳴り続けた。

「なんとか言えよ！　言ってみろっていうんだよ！　あんたは鑑定を誤った。妹は自殺なんかじゃなかった！　認めろ！　今すぐ認めろ！　認めて俺に……俺だけじゃない、世間に土下座しろ！　状況だけで誤った判断をしてしまったとな！」

近江の怒声が響き渡る中、冬城の脳裏には三年前の近江の妹の遺体が、彼女が自殺した部屋の状況が、ぐるぐると巡っていた。

状況だけ見て『自殺』と判断したに違いないとずばりと指摘され、冬城が言葉を失ったのは、その可能性があると既に気づいていたためだった。

「妹は俺の命より大事な存在だった！　妹のことなら俺が一番よくわかっている！　あいつが自殺なんかするわけがないんだ!!　自殺するほど悩んでるのなら俺に打ち明けたはずだからな！　それなのにあんたは、自殺と断言し、おかげでろくに捜査もされなかったんだ。殺されたかもしれないのを自殺扱いされ、どれだけ妹が無念に思ってるか、俺にはわかる！　あんたにはわからないだろうがな！」

確かにあのとき、冬城は『自殺』と断言したが、今、果たして自分は同じく断言できるのか。

しっかりと彼女の最後の声を聞いたと。近江の言うとおり、状況から先入観を持ってしまったのではないか。そんなことはなかったと果たして言い切れるのか。

高橋の首の索痕にも、最初気づかなかった自分が、自信を持って三年前の近江の妹は自殺だったと断言できるのだろうか――ああ、と頭を抱えてしまいそうになった冬城の耳にそのとき、江夏の声が蘇った。

『お前は、見逃しなんてしてねえ』

『ああ、間違ってねえ。大丈夫だ』

途端に胸に熱いものが込み上げてきた冬城の口から、高い声が発せられた。

「ああ、断言できる！　妹さんは自殺だ！」

「なんだと？」

近江が悪鬼のごとき形相で冬城を睨み、自分を捕らえていた刑事二人の手を振り払おうとする。と、そのとき、いきなり会議室のドアがバタンと開いたかと思うと、凛《りん》とした声が室内に響き渡った。

「そいつの言うとおりだ！　近江、お前の妹は自殺だった！　間違いねえ！」

「あ……」

声の主を見やった冬城の口から、思わず小さな声が漏れる。

「ふざけるな！　なんでお前にわかる‼」

近江が激昂《げっこう》し、男を怒鳴りつける。

「調べたからに決まってんだろうが」

その近江を怒鳴り返したあと、冬城へと視線を向け、大丈夫だというように頷いて寄越したのは、よれたスーツを身に纏《まと》う江夏警部補、その人だった。

7

「何を調べたって？　いい加減なことを言うな！」

喚《わめ》き出した近江《おうみ》を、三木《みき》と沢田《さわだ》が慌てて再び押さえる。

「説明すっから、まず座れや」

江夏《えなつ》はそう言い近江に近づいていきながら、傍らに立っていた冬城《ふゆき》の肩をぽんと叩《たた》いた。

「………………」

冬城が江夏を見、江夏も冬城を見る。が、二人の視線が絡まったのはほんの一瞬で、江夏はパイプ椅子《いす》を引くとそれにどっかと座り、

「ほら」

と近江にも座るよう促した。近江が刑事たちの腕を振り払い、それまで彼が座っていた椅子に座り、ぎらぎら光る目で江夏を睨《にら》み付ける。

「説明してもらおうじゃないか」

冬城や刑事たちが見守る中、江夏は近江の視線を真っ直ぐに受け止めると、おもむろに口を開いた。

「その前に教えてくれ。近江、お前が高橋《たかはし》さんを殺害した動機はなんだ？　彼が妹さんを殺したとでも思ったか？」

「……っ」

冬城も、そして刑事たちも江夏の言葉には仰天したが、近江の驚きようは彼らのそれを超えていた。カッと目を見開いた彼の額から、だらだらと汗が流れ始める。

「……やっぱりそうなんだな……」

江夏はなぜか、酷《ひど》く痛ましそうな顔をしていた。はあ、と溜《た》め息《いき》をつくと彼は内ポケットに手を入れ、一通の封書を差し出した。

「指紋は採ってあるから触って大丈夫だ。開けてみろ。お前の妹さんの遺書だ」

「嘘だ！」

途端に近江が大声を上げ、江夏の手にしていた封書を払い落とした。

「おいっ」

慌てて沢田と三木が駆け寄ってくるのを「いいから」と江夏は制すると、床に落ちた封書を拾い上げ、再び近江に差し出した。

「嘘じゃねえ。高橋さんが借りていた貸金庫から出てきた。捨てるに忍びなかったんだろう」

「嘘だ。嘘に決まっている。だって高橋が淳子《じゅんこ》を殺したんだ。その遺書は偽物だ……」

近江は明らかに動揺していた。蒼白《そうはく》になった顔からは相変わらず、だらだらと汗が流れ落ちている。その汗を手の甲で拭《ぬぐ》い拭い、首を横に振り続ける彼に、江夏はもう一度抑えた溜め息をついたあとにゆっくりした口調で話し始めた。

「指紋は妹さんのものと高橋さんのものしか出なかった。筆跡も妹さんのもので間違いないだろう。中身を読んでもらえればわかるが、高橋さんがこの遺書を隠したのは妹さんが遺書の中で頼んだからだ。いいからまず読んでみろ。読めばお前も納得できるはずだ」

「いやだ……。いやだ、いやだいやだーっ」

うわーと近江が咆哮《ほうこう》のごとき声を上げ、いきなり机に突っ伏し喚き始めた。

「え、江夏、大丈夫か?」

どうしたものか、と沢田が江夏に声をかける。

「大丈夫だ」

江夏は彼に頷《うなず》くと、呆然《ぼうぜん》と様子を見ていた冬城をちらと見やったあと、近江が突っ伏していた机をバシッと叩いた。

「いいから読め！　本当ならお前はこれを読まずにいることができたんだ。高橋さんのおかげでな！　だが彼を殺した今、お前にはこれを読む義務がある！　読んで高橋さんの思いを知れ！」

ほら、と江夏が封書を近江の前に叩きつける。近江はびくっと肩を震わせ、おずおずと顔を上げたが、彼の頬《ほお》は涙で濡《ぬ》れていた。

「読めや」

江夏が封書をすっと彼の前に押しやる。近江はのろのろした動作で封筒を手にとり、中から便箋《びんせん》を取り出したが、彼の手は瘧《おこり》のようにぶるぶると震えていた。

「…………………………」

遺書は便箋二枚に書かれたもののようだ、と冬城はそれを読む近江の様子をじっと見つめていた。やがて近江の顔がますます蒼《あお》くなり、彼の目から滝のような涙が溢《あふ》れ出したことに冬城はぎょっとし、一体どういうことだ、と江夏を見た。

「う……っ……うう……っ」

嗚咽《おえつ》の声を漏らし始めた近江の手から、はらり、と遺書が落ちる。机の上に落ちた遺書を江夏は無言で拾い上げ、冬城に渡した。

便箋に書かれた流麗な文字を冬城は目で追う。読むうちに冬城の胸には、なんともいえない思いが渦巻いていった。

『高橋優様《まさる》

私は生きていてはいけない人間です。愛してはならない人を愛してしまいました。

何度も諦《あきら》めようと思いました。でも諦められなかったのです。

いくら胸に溢れるこの想いを封じ込めようとしても、あの人の姿を一目見ただけでその決意は崩れてしまう。

このままではいつ、あの人に想いを悟られてしまうかわからない。

私の想いを知ればあの人は、間違いなく私を厭《いと》う。厭うどころではなく、二度と顔を見たくないと嫌悪を露《あら》わにするでしょう。

だから私は死ぬのです。

今ならまだあの人は私の気持ちに気づいていない。きっと私が死ねば、悲しんでくれることでしょう。死んだあとのことなど、気にすることはないと人は思うかもしれません。

でも、私は気にしたいのです。

私を思い起こすときに、あの人の胸に嫌悪感を呼び起こして欲しくないのです。

できることなら、悲しみに暮れてほしい。涙を流してほしい。なぜ死んだのだと取り乱してほしい。

それが過ぎた望みだというのなら、せめて——私をときどきは思い出してほしい。温かな思い出と共に。


あの人を愛していました。心から。永遠に。

決してできない告白。なのでお願いします。

あの人に私の想いが知られませんように。

美しい、そして心温まる思い出として、いつまでもあの人の胸の中で、私が生き続けることができますように。


優さん。本当に本当にごめんなさい。あなたにはなんとお詫《わ》びをしたらいいのかわかりません。

どうかくれぐれも私が死ぬ理由を、兄にだけは知らせないでください。実の兄を愛した穢《けが》れた女とだけは思われたくないのです。

我《わ》が儘《まま》ばかり言ってごめんなさい。最後にもう一つだけ、我が儘を言わせてください。

兄のこと、これからもよろしくお願いいたします。どうかいつまでも、支えてあげてくださいね。

淳子』

「淳子……っ……じゅんこぉ……っ」

嗚咽を堪《こら》えられなくなった近江が机に突っ伏し号泣する。その様を見ていた冬城は、手の中からすっと便箋を取り上げられ、はっとしてその手の主を——江夏を見やった。

「……なんだかな……」

自分同様、なんともいえない表情を浮かべていた江夏が、小さく呟《つぶや》き肩を竦《すく》める。

「……ああ。なんだかな……」

冬城もまた江夏に頷き返すと、二人して泣きじゃくる近江へと視線を戻し、彼が落ち着くのをじっと待ち続けた。


「……申し訳ありませんでした」

その後、落ち着いた近江の取り調べが行われた。場所を取調室に移動し、近江の正面には江夏が、書記として若い三木が同席した。

冬城は江夏の好意で、取調室の中の様子が覗《のぞ》ける隣室に案内され、そこで近江の供述を聞いていた。

長いこと泣きじゃくっていた近江だが、泣き止《や》んだあとには実に淡々とした口調で、自分の犯した罪を告白し始めた。

高橋を自殺に見せかけて殺したのは彼であり、動機は江夏が推察し彼にぶつけたとおり、三年前の妹の死を高橋の犯行と思い込んだためだった。

「結婚の報告を高橋にしたときに、高橋はとても喜んでくれたんですが、ぽろっと一言漏らした、その言葉が気になってしまったんです」

『ようやく吹っ切れたんだね』

高橋は近江にそう言い、ほっとしたように笑った。やけに安堵《あんど》しているその表情を見たとき、近江の中に違和感が生まれた。

三年前に亡くなった妹、淳子の存在は、近江にとってはそれこそ目の中に入れても痛くないというほど大切なものだった。

二人がまだ幼い頃、淳子の母親が元ホステスだったため、一族の集まりなどがあると、それぞれの親からその話を聞いていた従兄弟《いとこ》たちは、淳子を母親のことで苛《いじ》めた。

『よせ！　淳子は僕の大事な妹だ！』

そんなとき、常に近江は彼女を庇《かば》った。自分よりもガタイのいい従兄弟ととっくみあいの喧《けん》嘩《か》をしたこともある。

『やめて！　やめて！』

淳子は泣きながら近江に縋《すが》り、自分は何を言われてもいいから、どうか自分のために怪我《けが》などしないでくれ、と懇願した。

どうやら淳子の母と父は、近江の母が存命中から愛人関係にあったようで、そのことに淳子は酷く罪悪感を抱いている様子だった。それがわかったのはお互いに成人してからだったが、そんなこと、お前が気にすることはないのだ、と近江が言っても淳子はただ『ごめんなさい』と泣いていた。

心にそんな重荷を抱えていたためか、淳子は美しく成長したが、どこか儚《はかな》い印象があった。そんな彼女に幸せになってもらいたくて近江は、自分の取り巻きの中でも、これはナイスガイだ、と思われる親友、高橋を彼女に紹介し、二人は付き合うようになった。

大会社の跡取り息子であるため、周囲に集まってくるのは親の金目当ての輩《やから》が多い。そんな中、幼馴染《おさなな じ》みの高橋は、古い付き合いという理由もあるが、近江のバックグラウンドにまるで頓着せず、他のクラスメイトに接するのとまったく同じように近江とも付き合っていた。

彼ならきっと、淳子を幸せにしてくれるに違いない——近江の思いが二人に通じたのか、二人の付き合いは進み、ある日高橋から『結婚したい』と打ち明けられた。

『おめでとう！　淳子をよろしく頼むな！』

近江の言葉に高橋は、はにかんでみせながらも『任せろ』と頷き、二人は固い握手を交わした。

『おめでとう』

近江はその後、すぐに淳子にも祝福の言葉を贈った。

『幸せになれよ。高橋は本当にいい奴だからな』

『ありがとう、お兄さん……』

淳子も幸せそうに微笑《ほほえ》んでいるように見えた——というのに、挙式を翌週に控えたその日、彼女は帰らぬ人となったのだった。

淳子が死んだとき、近江は精神的に追い詰められ、生活も荒れに荒れて、そのせいで友人知人、皆が近江の傍《そば》を離れていった。

そんな中、高橋だけは彼から離れず、実に献身的に近江の話し相手になり面倒も見てくれていた。

高橋もまた婚約者を亡くしてショックを受けているだろうに、それは一切顔には出さず、近江との間でも敢《あ》えてそのことを会話に上らせることはなかった。

近江が立ち直ったのは、高橋のおかげといってもいい。落ち着いてから近江はそう思い、心から高橋に対し感謝の念を感じていた。

だがその後友人たちとも普通に付き合えるようになり、近江は高橋が淳子の友人たちとの関係を断っていると知らされた。そのせいか淳子の友人は、高橋が淳子の死後、そうショックを受けていないようだという悪口を近江に吹き込んできた。

婚約者が自殺をしたのだ。ショックを覚えて当然だろう。

『ようやく吹っ切れたんだね』

その言葉の違和感が何か、近江はようやく理解した。三年という年月を『ようやく』と言った高橋は、婚約者の死をとうの昔に乗り越えているということだ。なぜそうも吹っ切ることができるのだ、という疑問を抱いていた矢先、タイミングがいいのか悪いのか、結婚式の招待状を出した高橋との共通の友人から近江は、三年前の高橋のアリバイを偽証したという話を聞かされたのだった。

『もう時効だと思うから言うんだけどさ』

三年前、近江が妹の死を他殺だと騒ぎ、関係者がアリバイを警察に聞かれるという状況になった際、彼は高橋に頼まれ『一緒にバーで飲んでいた』という偽証をした、と近江に明かしたのである。

『俺も高橋も、それぞれ自宅で寝てて、アリバイがなかったからさ』

話を持ちかけてきたのは高橋だったと聞かされ、その足で近江は高橋の許《もと》へと駆けつけた。

『どうした？』

笑顔で迎え入れた高橋は、近江がこう叫ぶと明らかに顔色を変えた。

『お前、淳子の死について、何か俺に隠してることがあるだろう！』

『な、ないよ』

首を横に振ってはいたが、彼が妹の死にかかわっていることは明白だと近江は確信した。

「……僕にとって大切な妹を殺した敵、という思いも勿論《もちろん》ありましたが、何より妹を殺したのは自分なのに、今まで親切ごかしに俺を労《いたわ》ってくれていたのかと思うと、絶対に彼を許せないと思いました。殺そう、とその夜のうちに決め、計画を練りました。自殺と判断した警察と、解剖した冬城先生にも復讐《ふくしゅう》してやりたいと思い、それで脅迫状を出したんです。高橋の部屋の合い鍵《かぎ》は、淳子が渡されていましたので、簡単に部屋には入れました。そこで彼のパソコンから脅迫状を打ち出し、彼の指紋のついた紙にプリントアウトして郵送しました」

「殺害方法は？」

「高橋の部屋で彼の手足の自由を奪い、胃を空っぽの状態にしてからネクタイで首を絞めました。その後、そのネクタイをドアノブに括《くく》りつけ、自殺であるように偽装しました」

「三年前の妹さんの死をなぞって？」

「はい」

すらすらと供述を続ける近江の言葉を、別室で聞いていた冬城の脳裏に、されるがままになっている高橋の幻の姿が浮かんだ。なぜ、高橋は抵抗しなかったのだろうと考えていた冬城の耳に、江夏の声が響く。

「高橋さんは抵抗しなかったのか？」

同じことを考えたのか、江夏が近江に問いかけている。

「はい」

近江はこくりと首を縦に振ったあと、暫《しばら》くの間口を閉ざしていたが、やがてぽつりと呟いた。

「……高橋はまったく抵抗しませんでした。僕はてっきり、妹を殺した罪滅ぼしのつもりだろうと思っていたんですが……」

そこまで言うと近江はすっと顔を上げ、江夏に縋るような目を向けた。

「どうして彼は抵抗しなかったんでしょう？　殺されるのがわかっていたのに……彼にはなんの罪もないのに、どうして『違う』と言わなかったんでしょう？　淳子は自殺だったと言えばよかった。遺書もある、と僕に見せれば彼は死なずにすんだのに、なぜ……っ」

「淳子さんに頼まれたからだろう。絶対にあんたに言うなと」

「……っ」

ぼそ、と江夏が呟き、ぽん、と近江の肩を叩く。

「そんな……っ」

近江は呆然《ぼうぜん》としていたが、みるみるうちに彼の両目からは涙が溢れてきた。

「……馬鹿だ……死んでまで淳子の我が儘を聞いてやろうだなんて……馬鹿だ……あいつは本当に馬鹿だ……っ」

うう、と泣きじゃくる近江の肩をばしばし叩きながら、江夏が彼に喋りかける。

「馬鹿じゃねえよ。それに淳子さんとの約束を守ったってだけじゃねえと、俺は思うよ？　高橋さんはあんたの周りに誰もいなくなっちまった時期にも、あんたの傍にいて、あんたを支えてくれてたんだろ？　あんたを悲しませたくなかったんだよ。妹さんの遺書読んで、あんた、号泣したじゃねえか。そんな思いをさせたくなかった。だから何も喋らなかった。それだけ高橋さんはあんたを思ってたってことだよ。だから黙って死んでいったんだ。それを馬鹿なんて言えるかよ？　なあ？」

「馬鹿は……馬鹿は僕だ……っ」

うわあ、と再び近江が机に突っ伏し号泣する。

「しっかり後悔しろ。いいな。自分がやっちまったことをしっかり受け止めて、後悔すんだぞ？」

ばしばしと肩を叩き続けながら、江夏が厳しい声でそう告げる。声音は厳しく、また、言葉の内容も厳しいものではあったが、冬城の目にはその厳しさが近江の心を救ってやっているように見えていた。


その後取り調べは続いたが、冬城は同席していた沢田に断り、大学へと戻ることにした。

「江夏さんによろしくお伝えください」

一応の伝言を残し、ロードスターに乗り込む。エンジンをかける前に冬城はハンドルに突っ伏し、はあ、と大きく息を吐いた。

なんとも痛ましい事件だった。よかれと思ってしたことが誤解を生む、それがとても切ない、と溜め息をつきながら顔を上げ、エンジンをかける。

自分がゲイだからかもしれないが、もしや高橋は近江のことが好きだったのかもしれない、と冬城には思えて仕方がなかった。

友情もそれは素晴らしいものだとは思うが、友情のみで命を投げ出すことなど、果たしてできるのだろうかと思ってしまったためである。

「……汚れちまった……かな？」

やはりそれは自分がゲイだから思うことで、実際、友情で死を選ぶタイプの人間はいるのかもしれない、と冬城は苦笑すると、ハンドルを切り大学へと向かって車を発進させた。

大学に戻ると冬城は真っ直ぐに遺体安置所へと向かい、高橋と向かい合った。

「……あ……」

改めて亡くなった高橋を眺め、彼が実に安らかな死に顔をしていたことに気づいた冬城の目に、熱いものが込み上げてくる。

口元は微笑んでいるようにも見える。実際に首を絞めたのは近江であったが、これは覚悟の自殺だったのかもしれない、と冬城は思い、冥福《めいふく》を祈って両手を合わせた。

教室に戻った冬城を待ち受けていたのは、新たな遺体だった。頭を切り換え解剖室でその遺体と向き合い死者の残した最後の声を聞く行為を――解剖をすませ、冬城が教室を出ることができたのは、午後八時を回った頃だった。

「あ」

「よお」

デジャビュさながら、冬城の車の前には、足下に堆《うずたか》く煙草《たばこ》の吸い殻を積んでいた江夏がいた。驚きの声を上げた冬城に向かい江夏は少し照れた顔になり、右手を挙げて寄越した。

「水臭えじゃねえか。事件解決を祝いてえと思ったんだよ」

冬城の問いに、江夏が恨めしげに彼を睨みながらそう答える。

「祝杯って、捜査本部で上げるんじゃねえのかよ」

打ち上げくらいすんだろう、と呆れて問い返した冬城に、

「俺はお前と打ち上げたかったんだよ」

と江夏が相変わらず照れた顔で答える。

「もしかしてお前、俺に惚《ほ》れた？」

ふざけて問いかけた冬城に、江夏が吠《ほ》える。

「なわけねえだろ！　俺はゲイじゃねえっ」

「冗談だって。ま、飲みたい気分ではあるよな」

行こう、と冬城はにっと江夏に笑いかけると、乗れ、と顎《あご》で愛車ロードスターを示した。

「灰は持ち帰れよ？　車内禁煙だからよ」

「別にいいじゃねえか。灰皿がついてんだからよ」

相変わらず悪態をつき合いながら二人は車に乗り込み、互いに顔を見合わせる。

「どこ行く？　もんじゃか？」

「ああ、あのもんじゃは旨《うま》かった」

二秒で行き先を決めると、冬城が勢いよく車を発進させる。

「安全運転で頼むな」

「勿論。こう見えて免許はゴールドだぜ」

胸を張った冬城に江夏が「うそつけ」と絡む。

「見せてやろうか？」

「いいから運転に専念しろ」

二人とも敢えて事件の話はせず、内容があってないような会話を続けていた。それは車を駐車場に入れたあとに訪れたもんじゃ焼き屋でも同じで、今回、江夏は自分の好きなものを頼ませろとごね、お好み焼きを注文して冬城のブーイングを誘った。

「てめえ、もんじゃが気に入らなかったとでも言うのかよ？」

「違う。両方食いてえんだ」

いいじゃねえか、と、江夏が率先してお好み焼きを焼き始める。

「さすが関西人、上手《うま》いな」

「江戸《えど》ッ子《こ》だって言ってんだろうがよ」

「立川《たちかわ》は江戸ッ子とはいえねえ」

あとにした。
ふく平らげ、ついでにジョッキの生もさんざん空けて、すっかり酔っぱらい状態になり、店を
またもどうでもいいようなことを言い合いながら、二人はお好み焼きともんじゃ焼きをたら
「三多摩《さんたま》差別してんじゃねえぞ」

「もう少し、飲むか?」

冬城がふらつきながら、やはり同じようにふらついている江夏に問いかけたとき、彼の携帯が着信に震えた。

「あれ?」

誰だ、と思いつつディスプレイを見やった冬城の目に、思いもかけない男の——かつてナイフで襲いかかってきたモトカレ、柳本《やなぎもと》の名が飛び込んでくる。

「どうした?」

携帯を握ったまま固まってしまっていた冬城は、江夏に声をかけられ、はっと我に返った。

「いや、なんでもない」

冬城は一瞬、そのまま出ずにすませようとしたのだが、なぜか江夏の心配そうな顔を見た途端、いっそ出てみるか、と考え直しボタンを押した。

「もしもし」

『温史《あつし》か。僕だ。話は全部彰子《あきこ》から聞いた。どうして打ち明けてくれなかったんだ？　酷いじゃないか』

出た途端、耳に流れ込んでくるモトカレの――柳本の泣き言に、やはり出なければよかった、と後悔しつつ、冬城は電話に向かい言い捨てた。

「酷くはねえだろ。そういった事情だから別れよう。お前も早く親父《おやじ》さんのところに戻って安心させてやれ。それじゃな」

そのまま電話を切ろうとした冬城の耳に『待ってくれ！』という柳本の声が響いた。

「なんだよ」

これ以上、話すことはない、という気持ちを込めて、冬城が電話に問い返す。

『結婚は仕方ないからするし、病院も継ぐ。だが、僕たちの関係も続けたいんだ。たとえ結婚したからといっても、僕が好きなのは温史だけだ。毎月上京するから、これからも会ってもらいたい。いいだろう？』

「いいわけねえじゃねえか！　俺に愛人になれっていうのかよ？」

あまりに勝手な言い分、と思ったあまり、冬城はここが往来であることも忘れ、そう怒鳴りつけると、

「浮気前提で結婚なんてすんじゃねえ！　結婚相手を大事にしやがれっ！」

それだけ言い捨て、あとは知らないとばかりにブチッと電源を切った。

「おい、今の……」

切った途端、江夏が声をかけてきたのに、しまった、忘れていたのはここが往来というだけじゃなく、こいつの存在もだった、と首を竦める。

「なんでもねえよ」

「そうか」

当然突っ込まれると思いながらもとぼけた冬城に対し、江夏は予想に反しあっさりした相槌《あいづち》で流した。

「なんだよ?」

「なにが?」

「絡んでこねえのか?」

「絡んでほしいのかよ」

拍子抜けした冬城が思わず突っ込むと、江夏は酔いで赤らんだ顔を彼に向け、ぎろ、と睨んで寄越した。

「うーん、そうだな」

思いっきり、自分に対して気を遣っているとわかるその表情を見る冬城の胸に、なんともいえない温かな思いが広がっていく。

「よし、飲み直そう！　俺の家で」

もう少し江夏と共にいたい、という気持ちから、冬城はそう思い立ち、江夏の背をバシッと叩いた。

「はあ？　お前の家？」

「おう、つまみはねえが酒はある！　行こうぜ」

ほら、と冬城が江夏の背を促し、そのまま彼の肩に腕を回して自分のマンションに向かい歩き始める。

「仕方がねえ、付き合ってやるか」

「あ？　超上から目線じゃね？　石田《いしだ》なんか俺の家に呼んでやったときには、気絶するんじゃねえかって勢いで感激してみせたのによ」

「なら石田を呼んだれや」

「面倒くせえんだよ。ほら、行くぜ」

言いながら冬城は江夏の肩をぐっと抱く。と江夏はいきなり冬城の胸を押しやり、身体を離そうとした。

「なんだよ？」

「いや、別に」

弾みでよろけた彼の身体を、江夏が慌てた様子で腕を摑《つか》んで支えてくれる。その頰の紅潮はもしや、酔いばかりではないのでは、と気づいた冬城の胸が、どきん、と大きく脈打った。

「あれ」

「どうした？」

変だな、と胸を押さえた冬城に、江夏が不審そうな顔を向けてくる。

「なんでもねえ。さ、行こうぜ」

鼓動の高鳴りは収まりをみせず、自分の頰まで紅潮してきたことに戸惑いを覚えながらも、冬城は江夏を促し、彼のマンションへと向かったのだった。

8

「お邪魔します」

冬城の部屋に入るとき、江夏がそう挨拶《あいさつ》すると、冬城は彼を肩越しに振り返り、馬鹿にしたように笑って見せた。

「今更」

「何が『今更』だ。俺だって挨拶くらいはまともにできるんだぜ」

「挨拶ができるんなら、格好もちゃんとしろや。石田も言ってただろうが。バシッとすればそれなりだってよ」

「あいつ、そんな生意気なこと言ってやがったのか」

相変わらずどうでもいいようなことを言い合いながら、冬城は江夏をリビングへと導いたのだが、室内に足を踏み入れた途端、彼の脳裏にこのリビングで江夏に抱かれた――というよりは強引に乗っかってしまったのだが――あの夜の情景がこれでもかというほど蘇《よみがえ》ってきてしまい、思わずコホン、と不自然な咳払《せきばら》いが口から漏れた。

そんな冬城の耳に、同じくコホンという不自然な江夏の咳払いが響く。もしや彼も同じ情景を思い起こしているんだろうか、と冬城はちらと彼を見やり、ちょうど同じように自分を見ていた彼と目が合ってしまい、慌てて視線を逸らせた。

「適当に座ってくれ。今、酒持ってくるから。何がいい？　日本酒かビールか、焼酎《しょうちゅう》やウイスキーもあるぜ」

「なんでえ、その充実ぶりは。お前んちは居酒屋か？」

江夏がいつものように悪態をつき返す。その声音には少し不自然な部分があるな、と冬城は気づいたものの、指摘はしなかった。否、できなかった、というのが正しい。

やたらと自分が緊張しているのがわかる。おそらく江夏も同じく緊張しているのだろう。別に意識するようなことは何もない。飲み足りなかったから部屋に誘っただけで、飲む以外の行為は——ましてやセックスなど、するつもりはまったくないというのに、何を緊張しているんだか、と冬城は自嘲《じちょう》したのだが、緊張は未だ解けなかった。

「いらっしゃーい」

緊張しているからこそ、普段以上の悪ふざけをしてしまう。『居酒屋』と言われたので店員を装ってみせながら冬城は、

「で、何飲むんだよ」

と江夏に問いかけた。

「そうだな。日本酒、いくか？」

「わかった」

冬城は頷くと支度をしにキッチンへと向かった。日本酒は冷蔵庫に冷やしてあったので取り出してクリスタルの酒入れに注《そそ》ぐ。揃《そろ》いのクリスタルのぐい飲みを二つと、つまみが本当に一つもないというのも何かとスーパーで買った漬け物を皿に盛り、リビングへと戻った。

「なんだ、本当に居酒屋みてえだな」

リビングのソファに座っていた江夏が冬城を振り返り、感心したように目を見開く。

「居酒屋よりゃ、いい酒置いてるぜ」

「居酒屋を馬鹿にすんなよな」

「してねえよ。いいから飲めや」

いつもの言い争い――ともいえないばかげた言い合いをしつつ、冬城が江夏に酒を注《つ》ぎ、江夏が冬城のぐい飲みを酒で満たす。

「乾杯」

「乾杯」

そうして二人、ぐい飲みを一気に空けると、どちらからともなく、はあ、と息をついた。

「ほんとにいい酒だ」

「わかってんのかよ？」

うん、と頷き、再び酒を二人のぐい飲みに注ぎ始めた江夏を冬城がからかう。

「俺だっていつも安酒飲んでるわけじゃねえぜ」

「今日は『もったいねえ』は言うなよ？」

「言わねえって……っと！」

勢いあまって酒が溢れテーブルに零《こぼ》れる。おそらく条件反射なのだろう、江夏がテーブルに顔を近づけたのを見て冬城は思わず笑ってしまった。

「テーブル、舐《な》めんなよ」

「高い酒と聞いたら、舐めたくもなるぜ」

バツの悪そうな顔をし、江夏が頭を掻く。

「高いっていっても、一昨日のブランデーには遠く及ばねえから安心しろ」

酒に金をかけるのは実は冬城の趣味ではなかった。ついこの間まで『人目を忍ぶ恋人同士』であった柳本は、さすがお坊ちゃんだけのことはあり、酒でもなんでも『いいもの』を好む。人目を忍ぶがゆえに、互いの部屋で会うことが必然的に多くなり、二人の部屋にはそれぞれ柳本の好む高級な酒が常にキープされていた。

冬城も酒飲みではあるが、家で一人飲むほどではない。今度の休みにでも、酒瓶を一挙に処分するというのもいいかもしれないな、などと、いつしかぼんやりと考えていた冬城は、江夏に不意に声をかけられはっと我に返った。

「しかしそうも酒好きとは知らなかったぜ。ウチにはビールくらいしかねえ」

「まあ、これからウチもそうなるわ」

咄嗟《とっさ》のことで、冬城はつい、頭に浮かんだままの言葉を返してしまった。

途端に江夏が、あ、と小さく声を漏らし、なんともいえない表情になる。

「…………」

ああ、しまったな、と冬城は、江夏が己の発言の裏を読んだらしく、会話に詰まった姿を前に心の中で首を竦めた。

さっきの柳本の電話をまだ引きずっているのだろうか。まったく、あんな馬鹿、早く忘れることだ、と自身に言い聞かせていた冬城に、江夏が遠慮がちな声をかけてくる。

「……なあ、聞いていいか？」

「いやだ……って言っても、聞く気満々だろうが」

ふざけて返したものの、ふと見やった江夏の目が酷く真剣であったことに、冬城ははっとし、軽口を叩いた己を悔いた。

「悪い。なんだ?」

「いや、悪くはねえ。どっちかっつったら俺が悪いかもしれん」

江夏がバリバリと髪を掻き回し、言葉を選ぶようにして一瞬黙ったあと、再び真剣な眼差しを冬城に向け、問いかけてきた。

「立ち入ったこと、聞くようで申し訳ないんだけどよ、さっきの電話、モトカレか?」

「本当に立ち入ったことじゃねえか」

やっぱりそのことか、と冬城は、やれやれ、と溜め息をつくと、まあ、いいか、と思いつつ頷いてみせた。

「ああ、そうだよ」

「言い争っていたようだが、無事決着はついてんのか?」

「…………」

それこそ立ち入ったことだ、と冬城は江夏を睨みかけたが、彼の問いが己の身の安全に根ざしていることに気づき、ああ、そうか、と俯《うつむ》き、息を吐いた。

「ついたよ。もうナイフを持って待ち伏せされることもねえだろ。さっきの電話できっぱり振ってやったからな」

「……なら、いいんだけどな」

俯いたまま冬城が答えたのを聞き、江夏は一瞬沈黙したあと、ぼそり、とそう言い、酒を呷《あお》った。冬城もまた酒を呷る。

「なあ、聞いてもいいか？」

「またかよ」

暫くしてからまた、同じような問いを江夏がしかけてくる。なんなんだよ、と思いつつも問い返した冬城は、江夏のそれこそ『立ち入った』問いに啞然《あぜん》とし、思わずまじまじと顔を見やってしまった。

「モトカレ、なんて言ってきやがった？」

「お前なあ、それ聞いてどうすんだよ」

好奇心か、と言おうとしたが、大真面目な江夏の表情を見るとそうは思えない。どうするか、と冬城は迷ったものの、別に隠すことでもないかと思い、江夏の問いに答えてやることにした。

「まあいいや。あの野郎、親を安心させるために結婚はする、結婚しても関係を続けようと言ってきやがったんだよ。まったく、浮気前提で結婚する野郎がどこにいる？　嫁さんが気の毒じゃねえか」

「……あのよ」

喋っているうちに憤りが蘇り、語気が荒くなっていた冬城は、江夏に言葉を挟まれ、またも我に返った。

「なんか興奮しちまったよ」

ははは、と笑った冬城の腕を、江夏が掴む。

「なんだよ」

「……お前はよう……」

江夏がずい、と顔を寄せ、冬城の目を覗き込んでくる。酔いのせいか江夏の瞳は酷く潤んでいた。なんだか泣きそうじゃねえか、と冬城は笑おうとしたのだが、それより前に江夏の酷く掠《かす》れた声が響き、冬城から笑いを奪っていった。

「いっつも人のことばっか、思いやってるじゃねえか。相手のことを思うのはいい。だがお前自身はどうなんだよ？　モトカレのまだ存在もしてねえ奥さんに気ぃ遣ってどうするよ？　本当にお前は別れていいのか？　十年も付き合ってきてよ、親の頼みだからって別れちまって本当にいいのか？」

「………」

絶句した冬城の両肩を摑み、江夏が身体を揺さぶりながら問いかけてくる。

「お前な、もっと自分に正直に生きていいと思うぜ？　相手がどう思うかなんざ、知ったこっちゃねえ。一度でいいからそんな生き方、してみろや。モトカレの言うように、結婚したあと付き合ってもいいじゃねえか。もっと自分の心に正直に、だな」

「待ってくれ。俺はそこまで、いい奴じゃねえぜ」

身体を揺さぶられているうちに、ようやく自分を取り戻すことができた冬城は、勢い込んで訴えかけてくる江夏の言葉を制し、逆に彼の両腕を摑んだ。

「……え……？」

「プライドの問題だよ。愛人になれだなんて、俺のプライドが許さなかった。だから別れたんだ。別れたのはまさに俺の希望なんだよ」

言いながら冬城は、ああ、嘘だな、と心の中で呟いていた。

いつの頃からか、冬城は自身の希望を通すことより、人が望むことが何かを考え、行動するようになっていた。

いわゆるそんな『いい子』を目指した最初のきっかけは、おそらく父の再婚相手であり、育ての母となった女性の登場だった、と冬城は自己分析していた。

継母が冬城を邪魔にすればまた違っていただろうが、彼女は本当にできた女性で、腹違いの兄弟ができてはかわいそうと冬城に気を遣い、避妊に気を配っていたらしかった。

そんな善人を前にしては、彼女の思うがままの関係を築くよりないと幼い冬城は考え、それが彼が人生を歩む上での姿勢となった。

相手が望むとおりの生き方をする。三十年以上そうして生活してきて、不自由を感じたことはなかった。自分を抑えているつもりはない。が、傍《はた》からはそう見えるのか、と冬城は改めて江夏を見やった。

「ほんとにそれでいいのかよ？」

江夏が真っ直ぐに冬城を見返し、静かな声で問うてくる。

「……なんか、お前、本当にいい奴な」

照れた——というわけではなかった。答えを返すことに躊躇《ちゅうちょ》したわけでもない。それこそ他人のことを——冬城のことをそうも思いやり、それでいいのかと問うてくれる江夏のほうこそ『いい奴』ではないかと冬城はしみじみと思ってしまったのだった。

「なんだよ」

途端に照れた顔になり、じろ、と江夏が冬城を睨み付ける。

「からかってんじゃねえ」

「からかってるわけじゃねえよ。本当にお前はいい奴だと思ってな」

『からかっているわけではない』と言いながらも、ますます照れてみせる江夏のリアクションが楽しくて、冬城はわざと真面目な口調でそう言い、うんうん、と頷いてみせた。

「それがからかってると言うんだよ」

「だから、からかってんじゃねえって」

ああ、楽しい――笑いながらふと冬城は、本当だったら今日は笑いなど少しも出ない夜になっていたに違いない、と改めて江夏を見やった。

柳本からかかってきた電話に対する憤りが、今やすっかり消えているのは、誰でもない、江夏のおかげだった。そのことに対して礼を言おうかな、と思ったが、真面目に礼でも言おうものなら、また江夏は『からかってんじゃねえ』と返してくるに違いない。

なんだかいいなあ、と冬城は江夏を見、「なんだよ」とまたも照れたように己を睨み返してきた彼を見て、やっぱりいい、と心の中で一人呟いた。

「なんでもねえよ。まあ、今夜は飲もうぜ」

「おう」

冬城がそう言い、酒入れを手に取ると、江夏は自分のぐい飲みを持ち、差し出してきた。冬城はわざと零れそうなほどになみなみと彼のぐい飲みを満たしてやる。

「おい、もったいねえだろっ」

「悪い、わざとじゃねえんだ」

実際『わざと』だったわけだが、一応謝り笑った冬城に、江夏も「ふざけんな」と言いながらも笑いかけてくる。

「お前にも注いでやる」

「ああっ！　零してんじゃねえよ」

お返し、とばかりに江夏が冬城のぐい飲みを酒で満たし、冬城が大仰にふざけてみせる。そうして二人は随分と長い間、わいわいと騒ぎながら酒を酌み交わし続けたのだった。


差しつ差されつで飲み続け、江夏が気づいたときには一升瓶が空になっていた。転《うた》た寝《ね》から目覚め、周囲を見渡すと、テーブルに突っ伏して寝ている冬城の姿があり、酔い潰《つぶ》れた彼を介抱しようと、江夏は冬城の身体を揺すった。

「おい、大丈夫かあ？」

「水……くれや」

うう、と呻《うめ》きながら、冬城が江夏に頼んでくる。

「おう」

わかった、と江夏はふらふらしながら立ち上がると、ミネラルウォーターを取りにキッチンへと向かった。

ペットボトルを手にリビングへと戻っているとき、なんだか一昨日のデジャビュだな、という考えが、江夏の頭に浮かんだ。

「……なわけねえだろ」

ぼそ、と呟いた声がやたらとでかいことに気づき、いけねえ、と首を竦める。

一昨日の冬城は、一人の胸に受け止めきれないほどの不安に駆られ、セックスでそれを紛らわせようとして江夏を誘った。だが今夜の彼にはそんな『不安』はないはずだ。

もう一度抱けるとでも思ったのか、と江夏は自嘲したあと、待てよ、と己の思考に愕然《がくぜん》とし、その場に立ち尽くした。

抱ける——これじゃまるで、冬城を抱きたいようじゃないかということに、気づいてしまったのである。

「なわけねえだろ」

先ほどと同じ言葉が、江夏の口から漏れた。

「……なんだよ」

またも大きな声になってしまったために、聞きつけた冬城がのっそりと身体を起こし、問いかけてくる。

「な、なんでもねえ」

ほら、水だ、と江夏は冬城に水を渡そうとしたが、冬城はまたテーブルに突っ伏してしまい、手を伸ばしてはこなかった。

「仕方ねえなあ」

手がかかるぜ、とぶつぶつ言いながら江夏がペットボトルのキャップを開け、

「ほら」

と冬城の肩を揺さぶる。

「…………」

冬城が顔を上げ、じっと江夏を見た。いつの間に眼鏡《めがね》を外したのかいつもはレンズ越しに見る瞳がダイレクトに江夏を見上げてくる。

潤んだ瞳の美しさに思わず見入ってしまった江夏の前で、冬城はゆっくりと身体を起こすと、そのまま彼に縋り付いてきた。

「お、おいっ」

持っていたペットボトルを落としそうになり、慌てて江夏はそれをテーブルへと下ろすと、抱きついてきたとしかいいようのない冬城の身体を押し戻そうとした。

「なあ」

だが冬城はますます強い力でしがみついてきながら、そのまま江夏を床へと押し倒そうとする。

「な、なんだよ」

これでは本当に一昨日のデジャビュだ、と江夏が尚《なお》も冬城を押し返そうとする。その彼の耳に冬城の酷く掠れた声が響いた。

「……抱いてくれないか?」

「ええ?」

まさにデジャビュ——驚いた声を上げたと同時に床に背中をついてしまった江夏の上で冬城が顔を上げ、じっと彼を見下ろしてくる。

「抱いてくれよ」

大胆なことを言っている割りに、その顔には羞恥《しゅうち》の表情があった。言ったと同時にすっと目を伏せた。頰に落ちる長い睫《まつげ》の影が微《かす》かに震えている、それを見た途端、江夏の中に急速に欲情が芽生えていった。

「いいのかよ」

問いかける声が喉《のど》で絡まり、冬城同様酷く掠れる。

「……え……」

それが了承と気づいたらしい冬城が、少し驚いた顔をし、再び江夏を見下ろしてきた。自分で誘っておいて驚くことはないだろう、と思いながら江夏は身体を起こすと、逆に冬城を床の上に押し倒した。

「…………」

冬城はまだ啞然としていたが、江夏が顔を近づけるとすっと目を閉じ、薄く唇を開いてくちづけを待つ仕草をした。

「……っ」

唇の間から赤い舌が覗いている。口は悪いが、外見では常にクールな印象を与える冬城のそんな淫蕩《いんとう》な顔を見せられた江夏の中で何かが弾《はじ》け、貪《むさぼ》るような勢いで彼は冬城の唇を塞《ふさ》いでいった。

「ん……」

冬城は一瞬、ぎょっとしたように目を見開いたが、やがて彼の手が江夏の背に回り、きつく抱き締めながら激しいキスに応《こた》え始める。

きつく舌を絡め合い、痛いほどの勢いで吸い合う。江夏の下肢には早くも熱がこもりかけていたが、冬城の雄もまた熱と硬さを持ちつつあることが服越しに伝わってきた。

男を抱いた経験は殆《ほとん》ど——というより、一昨日冬城に『乗っかられた』のが初めてだった江

夏だが、冬城の昂《たか》まりに気づいたときに、彼の手は真っ直ぐそれへと向かっていた。

「……っ」

スラックスの上から形を成しつつある彼の雄をぐっと握る。と、冬城はびく、と身体を震わせたあと、江夏の背から腕を解き、その手を江夏の下肢へと向かわせていった。

「……う……っ」

冬城が躊躇《ためら》いもみせず、江夏のスラックスのファスナーを下ろし中に手を突っ込んでくる。江夏もまた彼に倣《なら》い、冬城のスラックスのファスナーを下ろすと中に手を入れ、勃《た》ちかけた彼の雄を摑んで引っ張り出した。

「……ちょっと待て……」

と、そのとき冬城が顔を背けて唇を外し、江夏を見上げてきた。

「なんだ？」

ぎゅっと雄を握られたまま声をかけられ、江夏が半ば動揺しつつも問い返す。

「服、脱ごう。汚しちまう」

冬城はそう言い、身体を起こそうとした。

「お、おう」

頷き先に彼の上から降りた江夏は、冬城が起き上がり手早く服を脱ぎ捨てていく、その姿に目が釘付《くぎづ》けとなっていた。

細身ながら綺麗《きれい》に筋肉のついたいい身体をしている。腰の位置が高く足が長い。一昨日はまるで余裕がなかったために彼の裸体をじっくり見ることができなかったが、顔も綺麗なら身体も綺麗だ、と江夏は服を脱ぐことも忘れ、早くも全裸になりつつある冬城の姿に見入ってしまっていた。

「なんだよ」

視線に気づいた冬城が、照れているのか、ぶすっとした顔でそう声をかけてくる。

「あ」

しまった、服を脱がねば、と江夏は慌ててネクタイを解こうとした。と、冬城が立ち上がって江夏に近づいてきたかと思うと彼の前に座り彼のシャツのボタンを外し出した。

「よせ。自分で脱げるって」

慌ててその手を振り払おうとした江夏に対し、目を伏せたまま冬城がぼそりと告げる。

「一人で裸になってんのが恥ずかしいんだよ」

言いながら冬城が、手早くボタンを外し、ベルトをも外そうとする。

「……可愛いじゃねえか」

江夏の口から出た言葉は、彼の本心だった。羞恥に頬を染め、脱衣を手伝う冬城を彼は本気でそう思ったのだが、冬城のほうは江夏にからかわれたのかと思ったようで、あからさまにむっとした顔を向けてきた。

「馬鹿なこと言ってねえで、さっさと脱ぎやがれ」

「わかったよ」

冬城の悪態にむかつくことはあったが、可愛いと思うことは今までなかったというのに、この悪態もまた可愛く思えてしまう。一体どうしたことか、と江夏は自身の変化に首を傾《かし》げつつも手早く服を脱ぎ捨て全裸になって冬城と向かい合った。

冬城が彼の手を引き、ゆっくりとラグの上に横たわる。来い、という意味なのだろうと察した江夏は彼に覆い被《かぶ》さっていきながら、あまりにも美しい冬城の肌に触れてみたくてたまらなくなっていた。

女を抱く際には前戯をする。男を抱く際にもそれがあるものなんじゃないか、と今更のように気づいた江夏は彼の雄に手を伸ばそうとする冬城の首筋に顔を埋め、強く吸い上げながら右手を彼の胸へと這《は》わせていった。

「や……っ」

びく、と冬城の身体が震え、唇から熱い吐息が漏れる。胸は感じるのか、と江夏は唇を首筋から胸へと下ろしていくと、薄紅色の乳首を口に含み、舌でころがしてみた。

「……あっ……」

またも、びく、と冬城が身体を震わせ、声を漏らす。男の胸も感じるものなのだな、と察した江夏は彼の両胸を丹念に愛撫《あいぶ》し始めた。

片方を強く吸い上げながら、もう片方の乳首を指先で摘み上げる。そのたびにびくびくと冬城が身体を震わせる、その振動が伝わるにつれ江夏の欲情も煽《あお》られていく。

腹に感じる冬城の雄の熱さもまた、江夏を昂める要因となっていた。自分の愛撫で冬城が感じていると思うだけでぞくぞくする、と江夏は尚一層気合いを入れ、冬城の胸をしゃぶり続けた。

「あっ……やっ……あ……っ……」

痛いほどの刺激を好むのか、江夏が強く乳首を抓《つね》り上げたり、歯を立てたりすると、冬城の反応はより顕著に、上がる嬌声《きょうせい》は高くなった。それなら、とまたも胸を抓ろうとした江夏は、冬城が自ら大きく両脚を開いたのにはっとし、顔を上げて彼を見下ろした。

「……挿《い》れてくれ」

潤んだ美しい瞳が江夏をとらえ、赤い唇が扇情的な言葉を告げる。

「……お、おう……」

ごく、と江夏の喉が鳴り、彼の雄もまた、どくん、と大きく脈打った。冬城の両脚を抱え上げ、露《あら》わにした彼の後孔に己の雄の先端を擦りつけたものの、すぐに挿入するのは無理なのではないかと冬城を見る。

「……指で、こう……」

冬城は江夏の言いたいことを察したようで、説明しようとしたのだが、さすがに照れるのか──『挿れろ』まで言っておいて照れるもないものだ、と江夏は思ったが──それきり黙り込んでしまった。

指か、と江夏は冬城の片脚を離すと右手の人差し指と中指を咥《くわ》えて湿らせ、それを押し広げた冬城のそこへとねじ込んだ。

「ん……っ」

冬城が微かに声を漏らし、腰を捩《よじ》る。彼の中は熱く、江夏の指を締め上げては、奥へと誘ってきた。

「……すげえな……」

思わずぼそりと呟いてしまった江夏の声が届いたのか、冬城が恨みがましい視線を彼へと向けてくる。恥ずかしいことを言うなということだろう、と江夏は、

「すまん」

と素直に謝ると、指で彼の中を解《ほぐ》し始めた。

「ん……っ……んん……っ」

最初押し広げるようにしたあと、快楽を堪えきれないように腰を捩る冬城の動きから、ここが気持ちよいのだろうか、と思う部分を重点的に刺激してやる。

「やっ……」

途端に冬城の勃ちきった雄の先端から、ぴゅっと透明な液が飛んだのに、江夏は、また「すげえ」と言いかけ、いけない、と口を閉ざした。

「あっ……やっ……もうっ……」

ここか、とそこばかりを三本に増やした指で弄《いじ》っているうちに、冬城の喘《あえ》ぎは高く、切羽詰まってきた。

「もうっ……あっ……」

早く、と言うように腰を突き出し、懇願する視線を向けてくる。なんてそそる顔だ、と江夏はまたもごくりと唾《つば》を飲み込むと、冬城の後ろから指を引き抜き、彼の両脚を抱え上げた。

既に我慢できなくなっている己の雄を、冬城の中へと埋め込んでいく。

「あぁ……っ」

ずぶずぶと面白いくらいにスムーズに呑《の》み込まれていくその中は酷く熱く、そして締まりがよかった。きついくらいだ、と冬城の脚を抱え直し、勢いで一気に奥まで衝いてやる。

冬城の背が大きく仰《の》け反《ぞ》り、白い喉が露わになった。今までさんざん舐《ねぶ》っていたせいで赤く色づいている冬城の乳首が江夏の目に飛び込んできて、彼の欲情を煽り立て、気づいたときには江夏は少しの余裕も失い、ただ己の欲望のままに勢いよく冬城を突き上げ始めていた。

「あっ……あぁっ……あっ……あっ……あっ」

冬城もまた、彼の感じている欲情をこれでもかというほど、その高い嬌声で、捩る身体の動きで表していた。

「いい……っ……いいぜ……っ……もっと……ああっ……もっと……」

叫ぶような声を上げながら、彼もまた積極的に腰をぶつけてくる。昂まりに昂まりきっていた江夏にとって、あまりに刺激的なその動作は、あっという間に彼を絶頂へと追いやり、早くも我慢できずに冬城の中で達してしまった。

「あっ」

「悪ぃ……っ」

冬城が戸惑った声を上げ、江夏を見上げる。早すぎた、と江夏は、冬城の雄が未だに勃起したままであるのを見やり、慌てて詫びた。

「…………」

大丈夫、というように冬城が笑い、江夏に向かい両手を広げてくる。極上の笑みを前に江夏の雄が彼の中で一気に硬さを増していった。

またも、にっこり、と笑う冬城に覆い被さり、江夏は彼の唇を塞ぐ。

「ん……っ」

冬城の両腕がしっかりと背に回っている、その感触になんともいえない心地よさと欲情を感じながら、江夏は今度こそ冬城を満足させるべく腰の律動を開始し、冬城に嬌声を上げさせていった。

「……なんつーか、悪かった」

翌朝、またも一人ベッドで目覚めた江夏の許に、デジャビュさながら、スーツを着込んだ冬城がやってきて、ぺこりと頭を下げて寄越した。

「……いや、こっちこそ」

江夏もまたベッドから起き上がり、冬城に向かってぺこり、と頭を下げる。

「酔っぱらっちまったんだ。まあ、犬に噛《か》まれたようなものと……」

「あのよ」

ぼそぼそと続ける冬城の言葉を、江夏が遮る。

「なんだ？」

問い返した冬城に江夏は、どう言おうかな、と迷い、ばりばりと髪を掻き回したあと、思い切って口を開いた。

「お前、昨日モトカレと正式に別れたんだよな？」

「え？」

いきなり何を言い出したのか、と冬城が唖然とした顔になる。その顔を見て江夏の決意は挫《くじ》けかけたものの、当たって砕けろだ、と再び思い切って冬城に問いかけた。

「それならよ、俺と付き合わねえか？」

「なにー？？」

冬城の顔が『唖然』から『愕然』となり、彼の口からは素っ頓狂な声が放たれる。

「そんなに驚くことねえだろ」

拒絶されるならまだしも、と口を尖《とが》らせた江夏に向かい、冬城が呆れたように問いかけてきた。

「お前、それ、本気で言ってんのか？」

「本気に決まってんだろ。なんで朝っぱらから冗談言わなきゃならねえんだ」

からかったと勘違いされたことにカチンときた江夏の口から悪態が漏れる。

「だってお前、ゲイじゃねえだろ？」

「それがどうした」

「ゲイじゃねえのに俺と付き合いたい？」

「悪いかよ」

冬城は本気で驚いているようで、まじまじと江夏を見ながら問いを重ねたあと、

「いやー」

と困った顔になった。

「断んなら断ってくれていいぜ」

まあ、相手にも選択の自由はある。江夏はそう思い、肩を竦めて見せたのだが、その彼の前でまたも冬城は、

「いやー」

と困った声を上げた。

「なんだよ」

「どうにも信じられねえ」

「はあ？」

断るのならともかく、『信じられない』とはなんだ、と江夏が冬城を睨む。

「お前、俺が好きなわけ？」

江夏の睨みなど少しも堪《こた》えぬ様子で、冬城が逆に問い返してくる。

「お、おう」

「マジか？」

「おう」

面と向かって聞かれ、江夏は一瞬答えに詰まったが、重ねて問われたときには、大きく頷いていた。

第一印象としては最悪だった。が、知り合ううちに冬城の人柄に惹《ひ》かれていく自分がいた。

他人のことばかり思いやる彼。自分の我が儘を通そうとしない彼に、我が儘放題言わせてやりたい——そう思ったときにはもう、その相手を自分と勝手に考えていた。

これが好きでなくてなんなのだ、と、江夏が大きく頷くと、冬城はまた、「いやー」と困った顔になり、長い前髪を梳《す》き上げた。

「……なんつうか……やっぱり信じられねえ」

「信じろって。だから昨夜も抱いたんだ」

江夏の言葉に冬城が少しバツの悪い顔になったのは、昨夜の己の痴態を思い起こしたからのようだった。

「だってあれはほら、犬に噛まれたようなもんで……」

照れからかそう言い出した彼に向かい、江夏がきっぱりと言い捨てる。

「何遍も犬に噛まれる馬鹿はいねえよ」

「……いやー……」

またも冬城が困惑したようにそう言い、首を傾げてみせる。

「付き合えよ。いいだろ？」

「いやー……」

困ったな、と冬城がぼそぼそと口の中で呟きながらも、どさりと江夏の寝るベッドに腰を下ろし、彼を見やる。

「もったいぶってんじゃねえよ」

「なんでそう、憎らしいことばっかり言うかね」

告白してんだろ？　と冬城が悪態をついた江夏を睨む。

「付き合え」

「うーん、どうすっかな」

「付き合えって」

江夏が冬城の肩に腕を回し、顔を覗き込む。

「……考えておくわ」

そう言いながらも冬城の頬は赤く染まっていた。彼の性格からいって、嫌なら嫌と即答するだろう。この赤い顔が答えだと勝手に解釈しておくか、と江夏は肩を竦めると、

「ほんとにお前はヤな野郎だぜ」

と悪態をつき、「何を?」と己を睨み付けてくる冬城の肩をしっかりと抱き直したのだった。

エピローグ

近江に拘束され、ほぼ一日が経った。

彼はおそらく、淳子が亡くなったときと同じ状況を作るつもりなのだろう。空腹も喉の渇きも、ピークを越えているので、そう辛《つら》くはない。

あと数時間で死ぬのか——逃れる術《すべ》はもうないだろう。それがわかっていて尚、僕の心に恐怖はなかった。

淳子と僕が惹かれ合ったのは、近江の存在があったからだ。

淳子の僕を好きになった理由は、僕が近江の親友だから。そして僕が淳子を好きになった理由は、彼女が近江の妹だったから。

僕らはずっとそのことに気づかぬふりをしていた。結婚が決まったときにも僕たちは互いの思いに目をつぶり、幸せになろうと心の底から誓い合うふりをした。

淳子が死んだ直接のきっかけは、僕にもわからない。

神の前で僕に対し、永遠の愛を誓うことに耐えられなかったのかもしれない。

彼女の遺書を読んだとき、死ぬことなどなかった、と言ってやりたかった。僕も同じ思いだった。僕だって愛してはならない人を愛していたのだ。

どうして打ち明けてくれなかったのかと随分と悔やんだ。打ち明けられていたら僕もまた己の思いを打ち明けていただろう。

僕の愛している人は、君の兄だ、と。

僕らはいい夫婦になれたはずだ。禁忌の思いを互いに抱え、互いに慰め合い、互いに労り合う。

この上なく結びつきの強い夫婦になれただろうに、淳子は先に死んでしまった。

今、僕は彼女と同じ方法で彼女のあとを追おうとしている。否、追わされようとしている。

僕の首に縄をかけるのが、愛してやまない人であることを、嬉《うれ》しく感じずにはいられない。

これで淳子の、そして僕の秘密は永遠に守られる。

唯一の気がかりは淳子の遺書だ。捨てるには忍びなく、貸金庫にしまっておいたあの遺書を
彼が——近江が目にすることがありませんように。

愛する妹の自殺の理由が自分にあったということを、彼が一生知らずに過ごしていけますように。

僕のこの想いにも、彼が気づくことはありませんように。

そして——。

美しい心温まる思い出としてでなくてもいい。妹を殺した憎い相手としてでもいいので、いつまでも——そう、いつまでも近江の胸の中で、僕が生き続けることができますように。

あとがき

はじめまして&こんにちは。愁堂《しゅうどう》れなです。このたびは十八冊目のキャラ文庫となりました『法医学者と刑事の相性』をお手に取ってくださり本当にどうもありがとうございました。

無骨な刑事と美人だけど口の悪い法医学者のラブストーリーとなりましたが、いかがでしたでしょうか。皆様に少しでも楽しんでいただけましたら、これほど嬉しいことはありません。

イラストの高階佑《たかしなゆう》先生、お忙しい中、本当に素晴らしいイラストをどうもありがとうございました。キャララフをいただいたときに、麗しい冬城《ふゆき》と、もさいけどかっこいい江夏《えなつ》に、きゃあ、と文字通り嬉しい悲鳴を上げていました。

ご一緒させていただけてめちゃめちゃ嬉しかったです!! たくさんの幸せを本当にどうもありがとうございました。

また、大変お世話になりました担当のA様をはじめ（タイトルも考えてくださりありがとうございました。毎度すみません・汗）、本書発行に携わってくださいましたすべての皆様に、この場をお借りいたしまして心より御礼申し上げます。

最後に何より、この本をお手に取ってくださいました皆様に御礼申し上げます。大好きな二時間サスペンス調のお話を、本当に楽しみながら書かせていただいたので、皆様にも少しでも楽しんでいただけるといいなとお祈りしています。

今回法医学教室を舞台にしていますが、実際の捜査の手順などに若干のアレンジを加えていますこと、ご了承くださいませ。

冬城と江夏のキャラは（自分で書いておいてなんですが・汗）本当に気に入ったので、またいつかこの二人を書かせていただきたいなと思っています。よろしかったらどうぞリクエストしてくださいね。

次のキャラ文庫様のお仕事は、来年の春頃文庫を発行していただける予定です。こちらもよろしかったらどうぞお手に取ってみてくださいませ。

また皆様にお目にかかれますことを、切にお祈りしています。

平成二十一年十二月吉日

愁堂れな

公式サイト「シャインズ」http://www.r-shuhdoh.com/

この本を読んでのご意見、ご感想を編集部までお寄せください。

《あて先》〒105－8055　東京都港区芝大門2－2－1　徳間書店　キャラ編集部気付
「法医学者と刑事の相性」係

■初出一覧

法医学者と刑事の相性……書き下ろし

法医学者と刑事の相性

【キャラ文庫】

2010年1月31日　初刷

著者　愁堂れな
発行者　吉田勝彦
発行所　株式会社徳間書店
〒105-8055　東京都港区芝大門2-2-1
電話048-451-5960(販売部)
03-5403-4348(編集部)
振替00140-0-44392

印刷・製本　図書印刷株式会社
カバー・口絵　近代美術株式会社
デザイン　間中幸子

ISBN978-4-19-900554-1

好評発売中

愁堂れなの本

【月ノ瀬探偵の華麗なる敗北】

イラスト◆亜樹良のりかず

没落華族の青山《あおやま》子爵邸で、不可解な殺人事件が発生！　謎解きに乗り出したのは、尊大で皮肉屋な名探偵・月ノ《つきの》瀬薫《せかおる》!!　難事件をたちどころに解決に導く薫の介入を、殺された子爵の一人息子・雪緒《ゆきお》だけは、なぜか激しく拒絶する。頑なな態度に興味をそそられた薫は、不遜な態度でわざと雪緒を挑発するが!?　昭和モダンの花咲く帝都で名探偵が挑むのは、正解のない事件と恋！

好評発売中

愁堂れなの本

【二時間だけの密室】

イラスト◆高久尚子

一日で一番の楽しみは、バイトの後のピアノレッスン——。過保護な兄から自立しようと始めたバイトで、健《たける》は音大生の明石《あかし》と出会う。優雅な物腰で優しい笑顔の明石。誘われてピアノを習い始めるが、二人きりの部屋で突然明石がキスしてきた!? 驚く健だけど、明石の繊細な指先が次第に健の官能を煽ってゆき…!? レッスンを重ねるたび、キスの回数も増えてゆく——密室で育まれる恋♥

好評発売中

愁堂れなの本【激情】

イラスト◆羽根田実

激情
RENASHUHDOH PRESENTS
愁堂れな
イラスト◆羽根田実
この額の傷があるかぎり、おまえは
俺の命令にそむくことはできない。

高校時代の親友が、いまや極道の若き組長に!? 地区再開発を手掛ける商社マンの真人《まこと》が現場で再会したのは、そのシマを統べる相羽《あいば》。十年前、真摯に告白してきた相羽を拒絶したことを悔んでいた真人。けれど相羽は、そんな過去などなかった顔で、無理やり真人を抱いてきた!! あの頃の恋情の焔は、もう消えてしまったのか——。以来、目的もわからぬまま夜ごと抱かれる屈辱の日々が始まって!?

好評発売中

愁堂れなの本
【行儀のいい同居人】
イラスト◆小山田あみ

行儀のいい同居人
愁堂れな
イラスト◆小山田あみ
あんたとセックスしたいけど、
どんなふうにすればいいの？
キャラ文庫

「俺、叔父さんとセックスしたいんだけど？」ガタイが良くて男前、イマドキの男子高校生の甥・薫《かおる》と同居することになった、大学准教授の徳永《とくなが》。亡き兄の忘れ形見である薫は、無愛想で生意気だけど、家事の腕はプロ並み!!　朝晩かかさず徳永に手料理を作ってくれる。けれどある晩無理やり薫に押し倒されて…!?　ひとつ屋根の下、家族愛を超える激しい欲情に身を任せるスリリングLOVE!!

好評発売中

愁堂れなの本
【屈辱の応酬】
イラスト◆タカツキノボル

愁堂れな
イラスト◆タカツキノボル
屈辱の応酬
これから自分がどんな目に
遭うか、わかってる？
キャラ文庫

「俺がどういうつもりか、あんたが気づくまで嬲《なぶ》ってやるよ」。ある夜、見知らぬ男に犯されてしまったTV局の敏腕PD・青木《あおき》。恥辱の限りを与えられた上に、その男・石岡《いしおか》は青木が手掛けるドラマの製作現場にスタッフとして現れた!! 俳優をも凌ぐ端正な美貌で周囲を魅了する石岡だが、青木にとってそれは陵辱の日々のはじまりで…!? 非情を自負する男たちが堕ちた罠──セクシャルLOVE。

キャラ文庫最新刊

隣人には秘密がある

秀香穂里

イラスト◆山田ユギ

病に倒れた祖父に代わり、ボロアパートの管理人になった太一《たいち》。住人たちは、ポルノ作家・吉住《よしずみ》を始め堅気じゃない人ばかりで!?

法医学者と刑事の相性

愁堂れな

イラスト◆高階 佑

法医学者・冬城《ふゆき》に一通の脅迫状が届く。捜査に訪れた刑事の江夏《えなつ》とは相性最悪の犬猿の仲。そんな時、謎めいた自殺体が発見され!?

好きで子供なわけじゃない

菱沢九月

イラスト◆山本小鉄子

一人暮らしをする高校生の広野《ひろの》の好きな人は、保護者代わりの年上の幼なじみ・剣介《けんすけ》。一緒にいるうち恋心を抑えきれなくなり!?

間の楔⑥

吉原理恵子

イラスト◆長門サイチ

アパティアでイアソンに抱かれながら、カッツェの元で働くリキ。けれど、その居場所をガイに知られてしまい——!?

2月新刊のお知らせ

池戸裕子　[官能小説家の純愛]　cut/一ノ瀬ゆま

高岡ミズミ　[骨まで愛して(仮)]　cut/汞りょう

中原一也　[嘆きの羊(仮)]　cut/新藤まゆり

松岡なつき　[FLESH&BLOOD《フレッシュ　ブラッド》⑭]　cut/彩

お楽しみに♡

2月27日(土)発売予定